一分鐘的女朋友

The One Minute Girl Friend

◎彭思舟 著

目次 Contents

一分鐘的女朋友

讓妳快樂，是我們相遇的最高憲法，一切行為與其抵觸無效。但我總想多疼妳一點，那有一天妳離開的時候，留下來的回憶可以多一點；我想多愛妳一點，那有一天我無法再疼妳時，可以把寂寞都帶走。愛可以很重，重如磐石，地動不移，愛也可以很輕，輕薄灑脫如蟬翼，我不敢愛太重，卻也不敢愛太輕，重怕傷害你，輕怕飄離你，輕重之間難以割捨，竟然全都是，因為愛妳。

思舟

剛進法學院的第一天，教授就提點班上的女同學，如果有男孩告訴你：「我永遠愛妳！」千萬不要相信他，因為一個沒有期限的契約，當事人是可以隨時中止的，但他如果說：我愛妳，五十年不變！則多少可以相信他的誠意，因為一個有期限的契約，對當事人有較大的拘束力，況且真實的生活中，有時效性的東西，人們往往較為珍惜，沒有期限的，則往往就不會去在意了。

大學念的法律，我已經快忘光了，但教授說的一席話，我始終記得，而且沒有想到，就在遙遠的北京，我用到了。

那是我第一次到北京，一九九五年夏末，我到北京已經是傍晚了，從首都機場到北京市區，約有半小時的路程，沿途筆直的路樹，就像一排排的衛兵，黃色的土地，感覺有點老，再配上紅紅的落日，有些像張藝謀電影裡的場景，我坐在車上，心理想的不是這次來做學術研究的碩士論文該怎麼寫，而是我會不會遇到一個像王菲一樣的漂亮女孩，最好再把她帶回家，那就 perfect！

不過我的夢想很快就幻滅了，當我四周一起同來北京的朋友紛紛奏鳴凱歌時，我還是一點斬獲都沒有，沒想到天底下的女孩都差不多，全世界都一樣，都是喜歡有四才（即人才、錢財、奴才加身材）的男人，像我這種人才只有一點點，又沒有錢財，更不屑當奴才的，也沒有健身教練潘若迪身材的男人，唉，真是走到那都沒有市場，還好我可以到北京琉璃廠去逛逛古董字畫，到秀水街、王府井大街去買買仿冒的名牌衣服，享受一下殺價殺一半再減五元的樂趣，不然就是和幾個心情鬱卒的人士，溜到西單大街上去做做眼部運動，看看一些漂亮妹妹。

隨著田野調查的時間已過去一大半，而我一點業績也沒有，準備真的開始認真寫論文的狀況下，上帝開了我一個大玩笑，就在北京王府井大街的麥當勞裡，我看見了側面一公尺外，如果我又不帶眼鏡的話，長的非常像王菲的一個超級無敵大美女，我大約只有十秒鐘的應變時間，決定是否要去認識她，這樣可能會造成兩種結果；一個是她答應了，我的人生將頓時從黑白變成彩色的；一個是她拒絕了，這對我的人生似乎也沒有什麼壞的影響，而且更重要的是，北京城沒有多少人認得我，我丟臉也沒有人知道，於是我色膽一壯，就做了一件天人共憤的事，我輕輕的走向她，告訴她：「小姐，我迷路了，妳可不可以發揮一下同胞愛，送我回家？」

該怎麼形容與超級無敵大美女（以下稱小王菲）在一起的感覺呢？基本上她給我的感覺似乎不是生活在這個世界的人，有時候我甚至覺得她就像是古代養在深宮的格格一樣，只是穿了現代的衣服，總是生活的與世無爭，北京街頭常見到有人吵架，但她給人的感覺始終是平靜的，就像想像中的天池那般的澄清，跟她在一起似乎可以忘掉很多事，而我，或許真的是仗著北京城沒有多少人認得我的緣故，也似乎在說話、舉動上都變的較放肆了……。

該是最後一次見面了，二個月的田野調查在我遇到小王菲後，就有如重力加速度般的流逝，今天她特意約在中央電視塔，因為我一直抱怨沒有和她一起逛完北京，所以她就選擇了一個可以看到全北京市的地方，也算是完成了做我地陪的神聖任務，為同胞盡一份心力，今天的她臉上笑容依舊，只是我們的話都有點少，站在電視塔觀景台上，我一時興起要她指出她家給我看，她隨手亂指，然後也鬧著要我指出我家給她看，我說：傻女孩，這裡有我家的方向，但看不到我家的……。

「是啊，我們真的是隔好遠、好遠……」她幽幽的說。

這時我心理突然有一種酸酸的感覺，離別的時刻到了……。

我跟她走出中央電視塔，我們都沒有說話，她突然問：

「你會不會在每一個城市都這樣認識一個女孩？」

嗯……，其實我並不知道，就像我們沒有辦法預知未來命運會怎樣一樣？

但我很確定一件事，就是在這個時候、這一分鐘、這一秒鐘，我真的很捨不得妳，我可不可以……嗯……牽妳的手呢？

「不行！我們這裡只有談朋友（就是交男朋友）才可以的……」

那就請妳做我一分鐘的女朋友吧？

「那有人這樣的？」

我已經握起了她的手，軟軟溫溫的，那時候北京九月的晚上有些涼了，我們牽著手走在長長的街道上，也不知道有多久，我只知道，如果可以，我願意一直停留在那一分鐘……。

二〇〇八年，在相隔十三年後，我又有機會到北京，聯絡上了小王菲，她到北京首都機場給我接機，好不容易再見面，卻看見她牽著一個男生的手，甜甜的向我介紹說，他的名字叫「鐵蛋」，是我一生最愛的男人，我五味雜陳的，也給了鐵蛋一個擁抱，我想我永遠也不會告訴他，小王菲曾經做過我的女朋友，雖然只有一分鐘……。

附註：鐵蛋是小王菲的兒子。

北京故事

因為她，我開始相信只有失去，才可能永遠的想念一個人。

曾經以為自己不會再寫詩，只因我停飛的熱情已無法恢復行駛，曾經認為我的心早就忘記了跳動，只因我的愛情充滿空洞，直到遇見妳眼神中那乍現的春光，讓我的人生，痛苦也可以是快樂，等待也是假期，罰單我也當它是治好我病的藥單，喔，千年暗室，一燈即明，我心縱使已經習慣黑暗千年，我的小漁燈，只要妳願意散發一絲溫暖的光線，就能穿破我所有的防線啊！

思舟

（一）

1

二〇〇〇年夏末，北京城殘餘的暑氣不因秋天將來而消散，人的心情還是煩悶到想吃顆大紅西瓜解熱，不過，屬於夏季的市囂喧嘩卻消逝了大半，只有搞不清楚夏天就快過去的蟬聲，還繼續聒噪著。

我人在北京，時間已經是傍晚七點，但看看天色卻還亮得很，從首都機場到北京市區，約有半小時的路程，沿途筆直的路樹，像一排排不苟言笑的衛兵，蒼黃的土地，感覺有點老，再配上寂寥的落日，情景正像極張藝謀電影裡那讓人熟悉的場景：黃色的燈光下，總有股揮不去的憂鬱。我坐在車上，看著這塊本來以為永遠不會再回來的土地，思緒卻放在遙遠的時空裡。

「這一切若能重來一次，我還願意再遇到她嗎？」我輕輕的問了我自己。

2

一九九四夏初如果年少時的愛情，是為了尋找自己，那麼中年的邂逅，就是為了回憶。

我並不想給自己找理由，六年前我外遇了，而且是有心的犯錯，就在遙遠的北京城，我加入了「包二奶俱樂部」，開始起「懷裡摟著下一代、嘴裡唱著無言的愛」的生活，這一場邂逅，也是一個無可避免的錯，雖然我曾經告訴自己，再怎麼風流都沒關係，但絕對不在感情上做對不起妻子的事。可是，事實證明，我沒有自己想的堅強。

三十四歲就單身赴任北京，雖然在別人眼裡是豪氣干雲，但只有我自己知道，除了外在的虛榮外，我擁有的只是一個人的寂寞，而且是在每一個夜裡，我依然重複著相同的孤單，反覆的問自己我為什麼來這裡？太陽出來了，答案想通了，忙碌的一天卻又開始，所有的想法，又被迎面而來的工作，一次次的推翻打敗。也許正因為如此的寂寞，也許是台商的血液裡本身就有不安定的因子，所以我決定隨著眼光走向她，那個有著一雙大眼睛、與一頭長髮的女孩。

就在這間王府井裡的的新華外文書店，她正低頭看著一本原文書，大大的杏眼微微上揚，似乎永遠都在笑似的，正是命相書上所謂的桃花眼，也是男人最愛的一種樣貌，垂落的眼睫毛在笑意之中又隱含著感傷，堅定看著文字的眼神，是對命運的堅毅也是透露了自身的神秘，我走到她身前問她：「嗯，現在北京的年輕人，英文程度都那麼好嗎？」

這不是我第一次的搭訕，所以根據以往經驗，我很清楚想搭訕成功所必備的三個要素，第一就是要瞬間解除對方心防，讓她相信你不是無聊份子，第二就是有一個營養的切入話題，以防出現不自然或矯揉做作的狀況，第三，也就是最重要的一點：留下再聯絡的理由。

因此，我立刻向她遞出了名片，以解除她對我身份的不信任，然後我提出了無關緊要、又讓她好回答的問題：「看來妳是英文系的學生？」因為我的口音並非字正腔圓，所以一聽就知道是從台灣來的，既然非本地人，所以對大陸年輕人會有所好奇與了解，也是頗具正當性與合理性的，就這樣，我緊捉住她對我也似乎有興趣的眼光，與她攀談了起來。

她，是北京一所重點師範大學四年級英文本科的學生，話不多卻精簡有力，給人一種冷靜沉穩的調調，與一九九四年到處都在大興土木、總是喧喧擾擾的北京城似乎不大協調，就像嘈雜的紫禁城旁、風雅的柳樹上，那一輪清淡亮潔的冷月，用事不關己的眼神看著這個庸俗的世界。有時與她四目相接時，我突然會陷入一種錯覺，似乎她不屬於這個世代，而是被養在清宮深宅大院裡，一個未知世事的小格格，不食人間煙火，看似單純卻又神秘莫測的小格格。

「這是我第一次長駐北京，雖然我們公司的產品目前並沒有在北京市場銷售，不過，我想多了解一下大陸年輕人的想法，不知道妳是不是能幫幫我，讓我們保持聯絡，有空或許喝杯咖啡聊聊呢？」

聽到這句話，她淡然的說：「我最近功課特重，可能沒有時間，或許你找別人比較好！」白晰的臉頰看起來既真誠又冷漠，我內心一沉，驚覺不妙，心想早知道就該用老張誘拐無知少女所慣用的「需要家教」的賤招，但在來不及發揮的情境下，只好眼巴巴得看著她揮揮手，沒入了王府井大街的人潮中，只剩她那頭搖搖晃晃的馬尾在眼底盤旋不去，留我呆若木雞的悔恨著。

3

「不登長城非好漢、不吃烤鴨真遺憾」，是北京的一句順口溜，不過對於常常喜歡賑濟女同胞的老張來說，後面那句要改成「不泡妹妹真遺憾」，因為已經五十歲的老張，當初單身到北京經商，就是抱定了要「享受黃昏最後的餘暉」作為工作之餘的休閒運動，其中之一就是「包二奶」。

其實，全世界都有婚外情，不過，像老張這種「阿公級」的台商，想要遇到真正跟他談「感情」的二奶並不容易，而且既然是享受「黃昏的餘暉」，那表示「時間」也不太夠用，「感情型二奶」太浪費時間，所以他也比較偏向

「經濟型」的二奶，速戰速決，「多樣化」的享受人生，如同他常說：「我家人都在美國，小孩也都長大了，我半輩子全奉獻給家庭，接下來換我要享受人生嘍！」，而去卡拉ＯＫ救濟同胞，就是他享受人生的方式。雖然我不到四十歲、沒有小孩要養，剛到北京時，我卻常常陪他去享受人生。不過，夜路走多了，也會碰到鬼，老張就曾經有包過一個卡拉ＯＫ「小姐」當「二奶」的慘痛經驗，倒不是這個「二奶」破壞了老張原有的美滿家庭（或許只是還沒有到那個時候，就出事了），而是另一種更尷尬的狀況，那時老張在一次回廣東總公司述職的時候，臨時提早回來，他並沒有告訴他的「二奶」，一來想給這個二奶一個意外驚喜，二來其實他也想來一個「突擊檢查」，看看二奶是不是「守規矩」，結果他一回北京亮馬河附近的商務公寓，推開房門，竟赫然發現一個男人光溜溜地躺在他軟綿綿的高檔貨名牌床上，還來不及怒火中燒，就慘遭那個男人的痛打。

那個男人還痛罵老張玩她的老婆，要老張付「遮羞費」，老張一方面可能是被打了氣不過，另一方面，中年男子似乎在女人面前，是丟不了面子的，所以老張抵死不從，他說，就算被打死，或是被抓到公安局，他都不會被威脅的，最後那個自稱是二奶合法丈夫的男子，一看是榨不出什麼油來了，就將老張綁在廁所，然後連同二奶把老張身上及房子所有稍微值錢的東西，甚至公司的帳冊都帶走了。

老張最後沒有報警，只是整夜無神的看著天花板，那時他啥話也沒多說，只告訴我：「我真的好想老婆與兒子。」好寂寞的一句話，回想當時連窗外的夜色也是冷冷清清的，那一夜無風也無雨。

那次之後老張沉寂了一陣子，不過沒多久，他好像什麼事都沒發生的「重出江湖」了，或許是他太熱愛女性同胞了，只是他不再長期包二奶了，就像他經營的工廠員工一樣，他傾向簽訂「臨時工合同」，既沒有要繳退休金的問題，社會保險金、福利費也全都省了。

老張復元了，同時也學到教訓了。

4

老張今天在西單的電腦門市店開幕，他選了星期天早上八點準時開業，這是我平常正在夢周公的「良辰吉時」，他卻要我一定準時到，要不是這老小子平常還挺照顧我的，真不想那麼早爬起來，揉著惺忪的雙眼走進開幕場地，遠遠地就看見老張，他的大啤酒肚、微禿的頭髮實在顯眼，看見他一邊張羅事情，還不忘用色瞇瞇的細眼睛看妹妹，唉！難怪台商的形象不好，都是老張這種人惹得禍。不過，說起來我似乎也沒有資格說他，因為我的眼睛也已經飄到了一個熟悉的身影。

「嗨！真巧！在這遇著妳。」我睡意全消，興奮地說，「不記得嗎？就是上禮拜在王府井外文書店認識的那個。妳怎麼會在這裡呢？」我本能的將話題拼命的延續下去，管她認不認得我。

「我想買部電腦學學，聽說這裡新開幕有折扣，所以來看看！」

她眼神沒仔細瞧我，東瞄電腦，西瞄著人潮，又是那一副叫人分不清是真心還是冷淡的口氣。

「朋友的門市店開幕，找我幫忙湊熱鬧，如果妳想了解一下電腦的價格，或許我可以幫忙介紹一下，說不定還能打折！」真不曉得自己哪來的熱情。

「這不好意思吧！我們只是萍水相逢。」她的眼神這次望向我。

「我們不只是萍水相逢而已，北京有幾千萬人口，我們可以相遇兩次，那代表我們相當有緣份！」我以為自己是「阿飛正傳」裡的張國榮。

她低著頭沉默不語，我害怕她又會一轉眼消失在人群中，趕緊使出老張的賤招「對了，我最近需要一個英文家教，幫我練習口語，不知道妳是不是能幫我這個忙，或者幫我介紹個朋友吧。」這招果然奏效，雖然她沒有答應當我的英文家教，只同意問問她的「男」同學有沒有興趣，可是她留下了聯絡電話，這雖然只是我搭訕史上的一小步，但卻是我改變在北京單調的工作生活的一大步，那天的心情雀躍的像高中時代在公車上要到女孩子電話一樣，只差沒下車後歡呼而已。

可是，這樣的快樂永遠是要付出代價，就像是與魔鬼的交易，狂喜的背後，隱藏著另外一雙不安的眼睛，正窺視著一個悲劇的開始。因為交易的是靈魂，牽涉的是三個人的未來……。

（二）

昨天我有在風中默唸你名字，願風將我對你的思念與祝福，帶給你身邊成為你氣息的一部份，今天我有在雨中想你的容顏，願與將我對你的真情，化為雨水帶進土地裡，讓我有機會成你身邊的一粒塵土，不管氣息與塵土，都只想在你寂寞時陪伴你。未來，有一天你或將遠颺或將遇到真命天子，我在人間蒸發前，會打一面金牌助你光彩，永遠在心海的某一端為你祝福。

思舟

1

如果你要一個人愛上你，
最好的方式，

就是製造她對你的習慣與期待，

所以我開始每個星期五晚上八點三十分固定打電話給她。

但後來在她似乎還沒對我有期待前，

我先感覺到自己開始習慣期待每天晚上的八點三十分。

自從與程琳（那個穿長絲襪的女孩）認識後，我的夢境就常出現一個男子，他有著細瘦的身材和一雙冷峻的眼睛，樣子很年輕、氣質卻很蒼老，我從沒見過這個人，但我知道他就是我的父親，在夢中他什麼也沒做、只是微笑的看著我，遠遠的看著我，看不清楚的漠然微笑，讓我猜不出是喜怒哀樂，也感受不到是父愛，我並不想念也不因此高興，反而有一種羞愧感在夢中流竄，我常大喊一聲：「不要笑了」，才從夢中解脫，在現實社會中醒來，而羞愧的感覺竟還殘留在睡醒的那一剎那間。

2

我生長在單親家庭，我恨我父親，我恨他為了迷戀一個女人，離開我與母親，所以我從來都不曾想起他，就算想起也是怨懟與恨意。

我記得小時候過年時，母親連外婆家都不敢回去，母子兩人面對面無言的吃飯，雖然寂寥卻也沒什麼不習慣，父親從小就不在，沒有擁有、何來失去，所以我不曾在意父親的存在，當然也不覺得桌上少一個人有什麼不同。有一年我卻無意撇見母親的淚水滴到白飯裡，她看也不看得吃了進去，原來母親不知道自己流了淚，為什麼母親要哭？成了那個年紀的我最大的疑惑，我猜媽媽是高興得哭了，因為年夜飯很豐盛，有火鍋、有餃子、有大魚，媽媽說過她小時候只有空便當可以吃，所以她是感動得哭了，懂事後，我才知道母親原來是等不到人才流淚的，我開始回想起那時我好像聽見心碎的聲音。

3

當我面對程琳時，總是精神亢奮、快樂的成分居多，我喜歡這個人，看見她，我可以忘記所有的事，她是我的紅心，箭靶上的那顆紅心，在這裡我只看得見那顆心，我要射中它。但偶爾在看著她的那幾秒鐘，腦海卻閃過我父親那討人厭的微笑，「不，程琳豈能那混蛋混為一談？」我告訴自己那只是幻覺，但這樣的幻覺是從何時開始？或許就是那天晚上，我在北京三里屯那間爵士樂很棒的酒吧，向程琳訴說我「悲慘的身世與奮鬥的歷程」，然後看著她感動的淚眼婆娑的眼神，我終於握到她的小手時開始的。

原來比起我父親，我並沒有比較堅強，我恨他，但卻和他一樣，正做著我原本厭惡的事，是我經不起誘惑嗎？不，應該說沒有任何人誘惑我，是我的劣根性，不甘寂寞，追求新鮮、感官、刺激與挑戰，喜歡撲火，就像飛蛾撲火的性格一樣，在上帝造牠的那一刻，就已經決定了。

是我自己撲向火去，撲向一個危險的關係裡。所以我夢見父親，到底他在嘲笑我，還是在警告我？

4

如果說鄧小平是大陸經濟改革開放的「總設計師」，那我就是計畫與程琳有段美麗浪漫北京之戀的「大導演」。

首先，我用「悲慘、艱苦、奮鬥」的成長故事來讓她解除對我的心防，因為不堪的身世，對早已成家立業的我來說，不再是羈絆包袱，反而變成一種對付女人的武器，她們會先因我的努力而感動不已，然後因我的成就而產生崇拜之情，就算程琳有張冷漠的臉也照樣的被融化。於是，她從一開始每個星期五先固定接我電話，到週末陪我出來看電影，到最後每個禮拜兩次到宿舍幫我補習英文，我們就這樣順其自然的變成了有特定牽連的朋友，這樣的持續發展，一切都平穩美好，我也逐步的「攻城掠地」，從護著她的腰過馬路，到偶爾握著她的手好加快腳步，最後到緊緊牽著她的手，走在長長的三里屯大街上，這時，我們已經是比普通朋友再好一點的朋友了，只是，到這個時候，我還是沒告訴他我有妻子的事情，奇怪的是，她也從來沒有問過。

5

X月的星期六，為了躲雨我和程琳走進三里屯大街上，一家大陸朋友開的咖啡店，店名叫「五十年不變」。

這家店的老闆阿吉是個時髦人類，他在上海的外商公司待了兩年，因為覺得上班很煩很悶，所以就仗著自己有點儲蓄，離開了「玩膩了」的上海，隻身前往北京流浪，最後就暫時歇腳北京，於是在這裡，和朋友先開了這間咖啡館「玩」，他就像被稱做「飄一代」的大陸新社會族群，不在乎別人看法、只追求自由、不做承諾、認為愛情是唯一生命，卻身不由己的愛了很多次的那種人。

所謂「飄一代」是泛指大陸城市二十至三十五歲的年輕人，普遍擁有高學歷，類似美國反戰年代的「嬉皮」，但又更具現實主義的色彩，他們生活在社會的邊緣，「快樂是他們最高的哲學」，不喊自由的口號，但卻在日常生活中實踐著絕對的自由，例如，他們堅持「只買報，不訂報」，「只租房、不買房」，就是因為準備隨時旅行的需要，他們普遍的特徵是沒有年齡感、不承諾、不在乎別人的看法、喜歡嘲笑中產階級、愛過很多次，但從不為誰要死要活的「飄一代」。

「飄一代」成長的背景，基本上是中國剛剛進行改革開放、社會正在嘗試接受自由市場經濟的各種新觀念、大陸城市居民生活開始走向小康，實行計畫生育許多家庭開始只有一個小孩、青年開始較著重自我、追求個人的發展等。「飄一代」基本上是在用他們的行為改變大陸社會的機制、消費方式，甚至是個人思考模式，具體的影響在於大陸城市地域的界線被打破，傳統用戶籍控制社會人口流動的模式受到挑戰，同時極度追求個人的自由與自我實踐，對公眾事物、政治有冷感，「解放」了原有保守社會給個人的束縛。

我會與阿吉熟識，主要就是欣賞他的才華與這家咖啡店的設計風格，不過，真正讓我跟他打開話匣子，卻是阿吉的婚姻觀，已經超過「而立之年」的他，最常被問的問題，就是為什麼還不結婚？阿吉總是以「結婚是失誤、離婚是覺悟、再婚是執迷不悟」做回答，他說，不婚是為了保存一個完整獨立的內心世界和生活天地，而且「浪漫的婚姻不穩定、穩定的婚姻不浪漫」，「世俗的女人缺乏詩意，有詩意的女人，又不現實」，結論就是，理想夢幻的女人，是不存在這個世界上的，所以乾脆選擇「不婚」。

不過，當我認識阿吉越久，才在一個咖啡店生意清淡、阿吉請我喝杯小酒，現在想起來，似乎感覺有些心碎的晚上，阿吉告訴了我關於他的故事，原來這個飄盪、看似玩世不恭的新人類老闆，將店名取做「五十年不變」，是為了紀念一個早逝的女友，原來隨心逐流的浮萍，也渴望一種心靈的安定，五十年，童顏可以化白髮，真得一切都可以不變嗎？對他們而言，其實不變不代表承諾、不在乎不代表不愛，當然也不代表遺忘。

所以這家咖啡館在阿吉冷峻的設計裡，還蘊含著一點四五〇年代的鄉愁，空間的氣質的確像貫穿了半個世紀，勾起了每個人心中的一些往事，原來總是隨心所欲的阿吉，其實從未將女友遺忘。西洋老歌的流洩下，似乎是想告訴在場的人，愛過也好，忘記也罷，不管五十年後還在不在這裡，這裡都一樣不變。好一個有才華的飄一代！

6

「真特別，什麼名都有人取。」程琳吸了一口叫永恆的果汁，淺笑的說著。

「不會啊，這剛好象徵我對妳的感情，五十年不變！」我戲謔的附和，也喝了一口叫月光的咖啡，程琳將眼神移開我的視線，氣氛忽然陷入一陣靜默。

「你也曾經跟你太太這樣說嗎？」她游移的眼神突然閃回我的視線，語出驚人的說著。

這句意想不到的話，讓我的心臟幾乎停擺，我沉默半餉，心虛的回答「妳怎麼知道我有太太？」我不敢想下一秒的發展，只想著我已經很小心的把皮夾、房間的相片、手上的戒指都收好了啊，她怎麼會發現到的呢？。

「第一次在新華外文書店看到你時，我就注意到你手上的戒指了」程琳冷漠的說著，口氣裡沒有怨懟也沒有愛意。

唉！我心想百密終有一疏，事到如今，只有裝可憐因應了，可是程琳的口氣卻沒有一絲的醋意。

「對不起！我不是故意要隱瞞的，只是我真的害怕告訴妳後，我會失去你，我沒想過自己會愛上妳……」不知道是不是我的演技太好，還是我真的害怕失去她，我流下了幾滴淚水在握著緊緊的拳頭上。

「當我知道愛上妳時，我就更不敢說出來了」我一邊難過的說著，一邊握住了她的手。

我注意到程琳這時候的眼神，突然溫柔了起來，眼波不再像月光一樣讓人心寒，卻像家鄉淡水的夕陽，溫煦得照著波光粼粼、如黃色果凍般的淡水河，在寒流來襲的冬天裡，這樣的陽光看了教人覺得很舒服，我從沒看過程琳有像今天這樣的表情，寧靜卻充滿暖意，看到她這樣的眼神我突然鎮住了，彷彿衝破迷霧、豁然開朗一樣，我發現這一分鐘，我真的愛上她了。

其實，在我的心裡總是有兩個我不斷再鬥爭掙扎，一個是天使的我，一個是魔鬼的我，魔鬼的我告訴我自己，好好把握這個「時機」，趕快「突破最後防線」，把她「上」了，以免多年後有一天相逢，「握著她的手，後悔當年沒下手」，可是這時候，又有一個討厭的天使的我，在我心裡提醒我，程琳是個好女孩，不要害人家，而且老張不是常說，人到中年有三大憾事嗎？「炒股炒成股東、炒房炒成房東、泡妞變成老公」，何必為了一棵北京的小樹，放棄整個大陸的森林？

整個晚上，我握著程琳軟軟暖暖的手，然後天使的我與魔鬼的我就不斷在心裡打架，結果依循往例，邪惡的一方又戰勝了正義的一方。

走出「五十年不變」，我對程琳說，我沒資格也沒理由要她選擇，但她如果願意的話，我願意盡我所能的保護她，給他我能給他愛，這話說得含糊，卻是出自肺腑，對我來說，愛和喜歡的定義不同，當初我只是喜歡程琳，想和穿著長絲襪、有著纖纖小腿和無關塵世、有著脫俗氣質的北京女孩交往看看，這樣的喜歡可以隨時喊停，因為我只是寂寞，只是不願意一個人度過深夜，我有妻子，我有家鄉，我只是需要一個慰藉、一點色彩而已，在這裡不過是個旅程、我不過是個過客，遊伴沒了可以隨時再找，時間能夠沖淡一切；不過，現在我好像真的愛上了程琳，因為我愛她已不只愛她的小腿和氣質，我愛她因為我總是在晚上八點半想到她，我愛她因為我總是以為在外文書店就能看到她，我愛她因為我考慮起了我們的未來，我愛她因為不認為我用時間就能夠沖淡對她的思念。

我愛她本來因為寂寞，現在卻反而被愛吞噬。

程琳走時的表情，又恢復往常的冷淡，飄飄然的不帶任何感情，比徐志摩詩中的雲彩，還要瀟灑漠然，她的眼神讓我想起，我甚至沒問過她，是不是也同樣愛著我，就要她做一個霸道的選擇，我總是這麼有自信。

而且此刻我似乎忘記了，相同的夜晚，在家鄉的天空下，有個女人或許也等了我一整晚，因為我也答應過她，每個星期六晚上要撥電話給她，雖然我不知道，她有沒有「時間」去生氣？

7

回宿舍家後，我一進門就立刻打電話給老婆，她人還在外面應酬。

「小乖乖，抱歉臨時有個應酬，所以搞到這麼晚。哇！都快一點了，對不起、對不起！」

「沒關係，我知道你剛派到北京，一定很多事要忙，而且我也還與同事在外面慶祝，我有個好消息跟你分享，告訴你哦，我升經理了！」

「哇！那表示我有個經理太太嘍！」

「好了，不說啦，被同事看到，又要被『虧』了。記得好好保重，北京早晚溫差大，十月有假我會去看你的。」

這就是我與老婆的對話，不知從什麼時候開始，我和她的對話很少超過十句。與憶柔認識三年，結婚兩年，她是個無可挑剔的女朋友、好太太，美麗、細心、能幹、溫柔、善良，正是都市男人夢寐以求的理想典型。剛開始認識她時，她正好從大學畢業，我決定要追她時，朋友都勸我不要向「高難度」挑戰，因為她的身高足足高我七公分，在現代女生普遍要求男生要有「三高」，即高學歷、高收入、身高至少一七五的情勢下，我是自討苦吃，但我對愛情的原則是「寧可錯殺一百、也不可放走一個」。

所以，我還是使出最大的耐心，記取「泡妞葵花寶典」的教訓，也就是泡妞可以沒有「錢財」，但至少要有「人才」，沒有「人才」，至少要具備「奴才」，所以從陪她挑選上班的第一套套裝，到面試第一份工作，都是我「小周子」一手陪她親自完成。

可是，現實是殘酷的，不管我讓她有多感動，她還是很在意一個核心問題，就是「我比她矮七公分！」，現實終究是現實！我只得苦口婆心的告訴她，「人的一生，站的時候比坐的時候少，坐的時候又比躺著的時候少，而我雖然站的時候比她矮，但是坐與躺的時候，都比她高，所以我們可以坐著談戀愛，誰規定談戀愛一定要站著呢？如果能躺著談戀愛不更好？」

憶柔噗嗤一笑，於是決定坐著跟我談戀愛試試看，善良的她，甚至最後還嫁給我。

我的機智與幽默替我打勝這一戰。

這幾年，她成長的很快，聰明、努力的她，已經是職場上的女強人了，我以她為榮，但老實說，也有一些失落，我覺得她沒有像以前一樣需要我、關心我了，以前總嫌她什麼都不懂、又愛操心，連坐個到香港的班機，都會很緊張，要我安排東、安排西，一定要我去接她，而且只要我一出遠門，不管多晚都會擔心的等我電話，可是現在，當她已經不再需要我或任何人時，我又懷念當初她的單純與掛念！

憶柔成長了，不再等我的電話，我卻還停留在初遇到她時的心情，以為她永遠會像那時這麼需要我，我想這也是我寂寞的原因與需要程琳的爛理由之一吧！

掛上老婆的電話，我的心並沒有獲得解救，耳邊環繞的是嘟嘟嘟的刻板聲音，世界一片冷清，我和憶柔的心變成世界上最遠的距離，原以為這通電話能讓天使拉住準備要撲火的我，卻讓惡魔更勝一籌的慫恿我，「你不過是個寂寞的人！」，四周一陣寂寥，望著窗外的月亮，我忍不住打了電話給程琳，告訴她，今晚我不想一個人過。

（三）

當一個女人認為對一個男人的愛很偉大時，
這個男人不是陷入極端幸福，
就是掉進非常可怕悲慘的情境裡

1

望著程琳純白的肩膀，我無法入眠，這白雪般純潔的肌膚，不染一絲塵埃，我卻自私的讓她進入我扭曲的靈魂。

不過這樣的愁煩，卻不只因為疼惜程琳純白的身體，更大的原因是在我射精的那一剎那，心中被魔鬼揍昏的天使，突然甦醒過來，它清楚的提醒我，此時此刻我正式背叛了妻子，還有那個因為家庭環境自艾的自己。看著程琳睡得安詳的臉，發洩後的身體沒得到鬆弛，反而讓心情緊繃起來，想起遠在家鄉的老婆，罪惡感縈繞心中，我擔心自己向下沉淪之餘，也帶著這個女孩墜落，墜落到一個我們無法預知的未來。

不過話說回來，我對程琳也有心防，因為我除了知道她的名字與學校外，其他一無所知，她很少提到自己的過去，從前我為探究這種神秘而樂在其中，現在卻只覺得恐懼，因為這是場不明確的交易，賣主要的是「愛情」還是「更多東西」，不可得知，我卻冒然賭上這一局。

2

人是奇怪的動物，當得不到某樣東西時，便會不自覺的，竭盡所能的去美化她，可是當得到時，想法又開始會向「實際」靠攏。

「你在想什麼？」我的思緒突然被程琳的話打斷，我以為她睡著了，為了掩飾自己心理狀態的不安，我給了她一個很深的擁抱說：「小乖乖，沒有想什麼啊，只是覺得自己很幸福。」

我從很早開始，就統稱自己所有的女朋友、有點曖昧關係的女人及老婆為「小乖乖」，不叫她們本名，只叫暱稱的原因，除了是因為這樣好記好叫外，也是為了避免自己在任何意識不清的狀態下，叫錯名字而惹出不必要的麻煩之故，這是想當花心蘿蔔必須要有的基本常識。

「是啊，你同時擁有兩個女人，當然幸福！」程琳帶著怨懟的對我說著，語氣平和柔順，完全沒有以前的「酷樣」，這讓我領悟到，原來一段親密關係的開始，對女人而言，是所有面具與心理負擔的放下，對男人而言，卻可能是責任與操煩的開始。

我為此打了個冷顫。

我摸著她的臉輕聲說「我的妻子雖然對我很好，但她並不了解我，只有妳能解除我心靈最深處的孤單與寂寞。」這句話是所有搞外遇的男人的「名句」，甚至是陳腔濫調，曾經我非常不屑於這樣的虛偽與做作，但在緊要關頭時，卻還是冒出這樣的一句話，來化解眼前的危機。

程琳沒有說話，只是站起來看著窗外的月光說，「這世界真不公平啊！有人已經擁有那麼多東西了，卻還想擁有更多，有些人卻只是要求生存最基本的尊嚴，卻都沒有。」

我有些吃驚，程琳會突然說這些話，我以為她應該會像電視的肥皂劇說些類似「我知道，所以我願意陪伴你，忍著痛與另一個女人分享你，我本來覺得這只有電影裡面的女人做的到，但現在我會努力去試看看，痛苦又快樂的愛著你」之類的話，但她講這句話時的表情，又恢復了往常冷淡，冷到讓我感覺，似乎剛剛與我做愛的是另外一個女人似的。

程琳似乎看出了我有些手足無措，繼續對我說，「我知道你無法一直陪著我，在台灣你有你的妻子與家人，但你一定要答應我，將來你老了，在你死的那一刻時，你的腦海中最後想起的人，一定要是我！」程琳用她一雙看似愛恨交雜的大眼睛看著我，平緩的跟我說了這句話。

我心中暗暗叫苦，我就知道這世界沒什麼所謂的「短暫浪漫」，男人追女人，要嘛，就要付出金錢，要嘛，就要付出感情，最慘的事，就是兩個都要付，只是程琳的態度，還讓我搞不清楚她要的是哪一樣？

不過，我也不想費心去問，因為我知道清楚了真相並不會讓我……。

「好啦，小乖乖，不要想那麼多了，乖乖的睡覺覺啦，明天我帶妳去看電影，就看最近很紅的電影『英雄』吧。」我邊說邊給程琳一個更深的擁抱。

程琳噗嗤一笑的說：「才不要呢，誰要大好星期天上電影院去人擠人，我們去『豐聯廣場』的『星巴克』喝咖啡吧，聽說那裡假日有時裝表演呢！」

學過「危機管理」的人都知道，處理危機的第一步驟，就是圈住危機的影響面，不要讓事態繼續往不好的方向發展，所以，我立刻用神來一筆的話題成功轉移了程琳的思緒與心情，不讓她想起她是第二個女人的事實，只是，我的心卻還停留在程琳說「我將來老時，離開人世的時候，腦海中最後一個想念的人一定要是她。」這句話時她的表情。

唉！到底我需要的是一個女人的愛，還僅僅是寂寞時的激情，其實我自己也不知道？

（四）

無意中，看到程琳房理梳妝台上放著一枚保險套，
我的心情突然由極度的亢奮，降到冰點，
我覺得自己對程琳真的了解太少，
眼前她的笑容背後，似乎藏著對我而言，
是陌生又遙遠的故事……

1

寂寞的人有一顆脆弱的心，明知道快樂的感覺，也許只有一秒鐘，造成的痛苦，卻有一輩子這麼長，但他們還是奮不顧身的嘗試短暫的歡愉，就像抽鴉片一樣，解決短暫的痛楚、卻換來無窮無盡的折磨。我明白這個道理，卻還是將自己推入了地獄。男女之間的親密關係，是有進無退的，自從與程琳有了第

一次後，她就常到我宿舍過夜，這段期間，我因為擔心憶柔會打電話到宿舍而東窗事發，所以就每日勤勞地先打電話給憶柔，完成美滿家庭的例行公事，好確保她不會在程琳待在宿舍時打來，釀成不可收拾的慘劇。

因為這一次也讓我養成對妻子說謊的習慣。說謊，也像吸毒一樣，雖然可以幫助你暫時脫離困境，卻對現實及未來沒有一絲幫助，還會讓你對說謊的癮頭越來越大，最後讓事情進展到不可收拾的地步，我現在就陷入這樣的困境。

所以我決定幫程琳租間房子，除了避免她誤接我房裏的電話外，也可以除去遇到同事的尷尬，甚至造成流言傳回總公司，老張知道這件事後，以搞笑的態度嘲諷我：「哎呀呀，老周，你算是正式加入二奶俱樂部了，先是一個月三千元人民幣的英文家教費，再來是免費送電腦，教她上網，擄獲芳心，現在又租了間商務公寓，正式金屋藏嬌，下一步，我看搞不好就要開設大陸同胞就業輔導中心了，不簡單呀，本來瞧你一副愛家愛妻的嚴肅模樣，想不到這個台灣來的新好男人也挺有一套的嘛，謹慎選擇，再來個步步為營，就追了個大美女，北京大學生之花，夠高明、夠高明！」老張講話是惹人厭，不過基於朋友道義，他還是不忘提醒我：「不過，說真的，你還是要小心點，我血淋淋的例子可是放在前面，你是仔細瞧見過的呀！」

我以無奈的笑回報老張，也順便嘲諷回去：「程琳是個好女孩，人家才不像老哥你在卡拉ＯＫ認識的女人，她兼家教是因為想寄錢回家貼補家用，買電腦上網，是想與家裡的弟弟聯絡，長途電話費那麼貴嘛！再來租公寓是為了我自己的『方便』！」雖然我對這份愛情始終抱著三分懷疑，但程琳的確確從未主動向我要過一毛錢。

老張促狎的回應：「對！都對！我看接下來她家就要淹大水了，房子需要重修啦」，他說完再幫我倒了杯酒，拍著我的肩膀語重心長說：「我看你是當局者迷啊！」

在北京，老周算是和我較談得來的朋友，一來彼此都來自廣東，光這三分親，理所當然的自然說話就投機了點，二來我們對彼此的私事從來只給意見不加干涉，除非對方要自己幫忙，像老張是匹人盡皆知的「種馬」、「下半身暴走族」，但我從來不對他的品行人格有所微詞，因此我們一直能保持不錯的關係。所以我當然清楚他所給的警告一定也是出自肺腑。

不過若說這世界上有人能騙得了我，我相信那個人不是別人，就剩我自己，因為我何嘗不是沒發現過程琳對我講話所透露的矛盾點，但人都習慣替自己心中的不安找理由，就像我對憶柔說謊的同時，我也開始習慣對自己說謊，或許這是一種補償心理作祟吧，以我已婚男人的身分，我有什麼資格要程琳給任何承諾和保證。她今年只有二十一歲，花樣年華，卻願意跟我這個整整大他一輪歲數的男人在一起，我得到她的青春美貌，她卻從未向我要過什麼，連愛情也願意和別人分享，光是這點，就讓我在懷疑她時，也不禁地厭惡起自己；而且我也知道，總有一天我必須要回家，我不可能永遠與她在一起，既然如此，又何必去追根究底一些也許是子虛烏有的事，來破壞眼前的快樂呢？

2

我一直是存著信任程琳這樣的想法，因為我如果不能給她完整的愛情，至少也要給她一分信任吧！而且我最先愛的是一枚神祕莫測的月亮啊！不過，在幫程琳搬家到商務公寓的那天，這樣熱切的想法卻在一瞬間降到冰點。因為無意間竟看到了程琳房理梳妝台上竟放著一枚保險套，我的心情突然由極度的亢奮，降到谷底，我開始承認自己對程琳真的了解太少，眼前她的笑容背後，似乎藏著對我而言，陌生又遙遠的故事……。

我早知道程琳不是處女，也不是很介意這件事，但是一看到梳妝台上放著一枚保險套，我就不禁胡思亂想，因為那不可能是跟我用的，因為一直以來，保險套都是我準備的，而且這是我第一次到她房間，一個好好的女孩子，怎麼會習慣性的在房裏放保險套，唯一最合理的解釋就是她的房間常有男人固定前往，或者至少曾經有男人固定前往，老張的悽慘經驗、與長久以來程琳帶給我的許多問號，都突然在我心中驟然升起，我不禁打了一個冷顫。

這時程琳剛好走了進來，我的視線趕快閃離那枚保險套，但聰敏的她已經發覺了我臉上疑惑的表情，不過她並沒有驚慌失措，眼神也是一貫的冷冷淡淡，看不出倉皇或緊張，看著她事不關己的眼神，剎那間，我的情緒爆發了，一方面是氣她的蠻不在乎、一方面是害怕失去眼前這個女孩所給的愛，所以我第一次吼了她「妳到底有什麼事瞞著我？」

她沒有被嚇到，動也不動的站著，眼睛直盯著我看，如此冷靜的態度一直是她的作風，所以我並不意外，她就像是已經見過許多陣仗的將軍一樣，只是靜靜、幽幽的說：「你現在太激動，不適合談事情，我看你先回公司辦事吧，其它的小東西我自己搞定就可以了，今天晚上在『新家』碰面，我會告訴你所有關於我的故事。」

3

這一天北京的下午特別悶，我沒有回公司辦公，只是想一個人到長安大街上走走，看著長安街上車水馬龍的車輛、川流不息的人群，走沒多久，天色暗了下來，我竟然還沒有感覺，不知道是不是北京的緯度較高的關係，抬頭看北京的月亮總是特別大又明亮，有時還會呈現橘紅色近近的貼在紫禁城的牆緣，像極了古典歷史小說中描寫的場景，我為程琳租的商務公寓，是一棟白色外觀的大廈，就在北京亮馬河旁，我跟程琳說，以後每一個晚上，我們都可以在這個堤岸散步，看著只有北京才有、獨一無二、很有味道的大月亮。

只是我不知道今晚聽了程琳的故事後，還會不會有相同的心情？她到底要說的是什麼？她說完那些事後，我們還能再相愛嗎？我的心情既急躁又猶豫，不過，不管怎麼樣，我還是走到了我和程琳的「新家」，才一敲門，就聽到程琳的腳步聲：「你這麼快就到！我正在煮菜，你先看一下電視！」她雖然外表冷淡，卻還是個會照顧人的柔順女孩。

一桌豐盛的菜，裡面有一道青椒皮蛋最讓我注意，因為這道菜是我第一次刻意請程琳吃四川菜時（程琳是四川人），是想用來考驗自己「耐辣力」所點的菜，沒想到，不但沒有辣味，反而美味可口，其實從這個小地方就可以看出，程琳對我還也是挺用心的，我一是想補償一下白天搬家時對她大吼的內疚，二也是一時「色心發作」，所以就忍不住抱住還在廚房忙著做菜的她，撒嬌的說，「哇！破天荒第一次吃到妳煮的菜，該不會是『耶穌最後的晚餐』吧！」話一出口，程琳臉色大變，我驚覺自己說錯話了，只是已經無法挽回，程琳撇開我的雙手走開，她轉身時我看見她的眼睛迷濛不清，似乎淚眼盈眶，我看著她的背影一時也傻住了，這時氣氛只好籠罩著一陣尷尬的靜默，良久後，程琳才先開口淡淡的對我說，「從愛上你之後，我就告訴自己，不讓你知道我的過去，不等於騙你，可是當我發現自己慢慢真的想跟你在一起的時候，我越來越擔心有一天你會離開我，所以我就更不能告訴你我的過去，除非我知道再也無法隱瞞。」

程琳吸了一口氣，用她一貫冷靜的口氣告訴我：「其實我想聯絡在遠方的那個人，不是我弟弟，是我的愛人！」這樣的語出驚人，我並不十分訝異，從看到那枚保險套起，我就有心理準備，她瞄了我一眼，看見我神態自若於是繼續說：「我跟你一樣，也結婚了。」這次換我倒吸一口氣，程琳有男朋友其實還不打緊，但她竟然是結婚了，本來我以為我是在「包二奶」，搞了半天，我也等於是別人的「面首」，程琳不過是個二十一歲的女大學生啊。

我雖然惱羞成怒、火冒三丈，但還是耐著性子對她點點頭，示意她繼續講下去，程琳說，「十八歲的時候，我不顧家人的反對嫁給我愛人，他雖然出身貧困農家，但人相當勤奮，眼睛裡永遠有一股不服輸的意念，我和他不但是同一個村的鄰居，也是我們縣城第一『重點中學』的同學，那年我們高考同時考上北京的重點大學，但是家裡沒有錢供應我們兩人同時上大學，所以他把機會讓給了我，今年春節我回四川老家，他興奮的告訴我，他朋友邀他一起到南方打天下，過完年，他可以先陪我到北京，再下南方，我沒辦法阻止他，他說一定要賺夠錢，回來接我，並讓爹娘過好日子」，程琳說到這裡，心情已經略顯激動，我回想剛剛她說到她的愛人時，那充滿著感情的眼睛，竟是我從沒看過的表情，我不知道她是多深愛她的愛人，但看著她回憶往事時那柔情似水的眼睛，因被欺騙而滿腔怒火的心，也硬生生地被澆息了一半，我試著按耐住自己的的情緒，輕輕握著她的手，試著平復一些她的情緒。

程琳繼續說「我們的生活是你們這種人永遠無法想像的，」她的口氣是把我當作和她是不同世界的人，我猜想會不會是這樣的鴻溝，才讓她永遠看起來都是如此的冷淡。

我不知道程琳的背後有那麼多的故事，看著淚眼婆娑的她，我的心情成分很複雜，既有被騙羞愧的憤怒，又包含憐惜她的成分，再加上點倒楣的感覺，本來我只是想找個單純點、特別點的「二奶」暫時包一包「淫蟲」，搞到現在，我可能只是暫時替代別人丈夫的位置，犧牲自己，照亮別人的「螢火蟲」。但我心情的複雜並沒有呈現在我的表情上，我依舊用一種理解的眼神，輕輕的把程琳擁在懷裡，讓她慢慢說完她的故事。

程琳說：「到現在快半年了，我愛人音訊全無，可我依然想著與他聯絡上後，等待他接我去美國的夢想，所以我努力學各種東西，包括學上網，好方便將來跟他聯絡，但時間一個月，又一個月的過去，我再也無法平復自己心裡的焦急與寂寞，就在這個時候，我遇到了你。我是真的很喜歡跟你一起，和你在一起，我知道到了好多東西，但也才知道自己有更多得東西要學，同時，我也知道自己原來真的很害怕孤獨，我也不知道這是好，還是不好？我真的喜歡你的，雖然剛開始的確是因為孤單，但現在我真的需要你！」

程琳講完後就在我懷裡啜泣了起來，第一次看她哭，我無言以對，她的說辭和我解釋結婚外遇的理由，又有什麼兩樣，但看樣子，我真的從「淫蟲」變成了「螢火蟲」，不過，聽了程琳的告白後，我本來覺得自己會難過，畢竟自己是別人的替代品，但奇怪的是，我的心裡卻反常的覺得輕鬆許多，我想，或許隨著與程琳交往時間的增長，她原本吸引我的單純與深情，逐漸變成了一種沉重的負擔，因為我本來就不可能為了程琳放棄我的家庭，我自己心裡清楚的很，這是一段有期限的愛情，我只是想能拖多久，就拖多久，大享我北京與台北的齊人之福，但是程琳的單純與深情，卻變成我將來離開的負擔，所以現在我知道了她的故事，縱然我從變成了「面首」或「螢火蟲」，責任卻反而沒從前那麼重大。

我抱著心情慢慢平復的程琳，忍不住低頭輕碰了她軟軟的雙唇，本來我想這樣清純的touch一下就好了，畢竟此時深情告白的場景，不適合什麼「三級」的鏡頭，怎知她竟然一手環過我的脖子，將她的舌尖輕探我的嘴唇，害我的老毛病又犯了，我立刻抱起她要往臥室走，起身時，我倏然看到客廳鏡子自己的臉孔，我突然發覺自己對自己的臉孔有些陌生，我好像已經不是當初在家鄉立誓要到大陸創一番天下、那個心無旁騖，只想將努力成果與榮耀跟家人分享的我了。

(五)

回家鄉這幾天我有一個「新發現」，那就是我每天都要想北京的程琳三次，但是想我未來的「兒子」卻是時時刻刻，想到程琳時，幾乎都是與她做愛時，她細白的身體。但是想起「兒子」（其實我還不知道小孩性別，可是我直覺是男的）時，卻回憶起自己的童年……。

1

三個月沒回家，過境機場時，為了彌補愧疚，我在免稅店買了一只戒指給憶柔，並打電話告訴將來接機的她，我有一個驚喜要給她，沒想到，憶柔也神秘兮兮的告訴我，她也有一個驚喜要告訴我。也許是做了對不起她的事，所以我為她將給我的驚喜感到毛骨悚然、一陣心驚膽跳，雖然猜不透是什麼事，但可以確定的是，因為自己的錯，我無法再像以前一樣的信任別人。

我一出機場海關，就看到笑盈盈的憶柔，在對我招手，剛升經理的她，似乎變的更漂亮、更有自信，原來不只事業有成的男人會看起來比較帥，女人工作順利，也會在魅力上加分。

回家的路上，我把鑽戒給了憶柔，憶柔開玩笑的說，「是不是在北京做了什麼對不起我的事啊？從結婚後你就很少買禮物給我，突然這麼好送鑽戒給我？必定有詐！」一方面是為掩飾心中的不安，一方面是看著憶柔像孩子似的對我撒嬌，我抱著憶柔給她一個吻，憶柔不像別的女孩，老是埋怨老公亂花錢，她的眼神裡由衷的透露出被愛的喜悅，看著她向小女孩一樣的把玩著戒指，我突然害怕眼前著個伴我度過數年寒暑，總是無條件支持我的妻子，有一天消失在我眼前。

還好，我確定剛剛那句話是單純的開玩笑，並不是有什麼特殊挖苦的意涵，不過，我心中的不安感還是不斷的盤旋，唉！齊人之福真是不好享，連聽句話，都要在心裡繞好幾個彎。為了掩飾自己的慌張，我趕緊問憶柔，「妳不是也有個驚喜要給我？」

憶柔這時，異常溫柔的輕輕將頭靠在我的肩膀，告訴我，她懷孕三個月了。

聽到這個消息，我岔了口氣，憶柔神色突變的問我，「你不高興啊？」我反射性的回答，「當然高興啊，我的小乖乖、好老婆，只是太突然了，你怎麼不早些告訴我？」憶柔一頭埋進我胸裏磨贈，說：「人家是想給你一個驚喜嘛！而且最近你在北京也很忙啊！」

其實聽到這個消息，我真的很開心，因為從小到大，我沒有享受過一份完整的父愛，所以我曾經想過，或許上帝讓我來到這個世界上，就是想讓我的小孩不再有像我一樣的遺憾，所以剛結婚時，我的確想要生個孩子，一個屋子有了小孩的喧鬧聲才像一個家庭，只是現在因為有了「程琳」，所以雖然我感到初為人父的欣喜，卻也更惴惴不安，因為我的出軌，不僅不能彌補遺憾，或許會因為他的誕生，反而讓這些罪過顯得更深更重。

2

回家的假期只有短短十天，不過我還是要忙總公司的各種大小會議，同時，在廣東澳熱的天氣裡，還要煩感情問題，不過，在家這幾天我有一個「新發現」，那就是我每天雖然分三餐想北京的程琳三次，但是想我未來的「兒子」卻是時時刻刻，想到程琳時，幾乎都是想到與她做愛時，她細白的身體。但是想起「兒子」（其實我還不知道小孩性別，可是我直覺是男的）時，卻回憶起自己的童年……。

3

最親近的人，往往也是傷害你最深的人，我從七歲開始就已經在體驗這句話了。母親其實很疼我，尤其在缺乏父愛的狀況下，我要什麼東西幾乎都盡量滿足我，我有廣告上最新的玩具，也比同年齡的小孩最先吃過當時剛引進台灣的麥當勞，所以從小不知道我出生背景的人，都會誤認為我是什麼有錢的大少爺，但誰知道其實我同年最貧乏的小孩。或許是太孤獨及單獨扶養幼子的壓力太大，母親有「躁鬱症」的傾向，總是週期性的會「定時爆發」她的壓力，常常我在莫名其妙被打或是被用最惡毒的話咒罵後，又被母親抱著痛哭，不過，我從來沒有想跑走，因為我知道母親，除了我之外就什麼都沒有了。只是，我常常在幻想，如果爸爸有一天回來了，或許我們家就可以恢復正常了。

我不想自己的「兒子」也有像我或類似的遭遇，更不忍製造出另一個有「躁鬱症」的母親，我心中開始有了決定，這件「四角習題」，沒有答案可解，最簡單的一種方式，就是和程琳分手，連解決都不必解決，直接從打了死結的繩中，一刀剪斷，當一切從未發生過，這段情只能當作是中年浪漫的邂逅，是永遠的記憶，是有限的愛情，是無法結果的樹。縱然我不捨對程琳的愛，其實更精確的說，應該是程琳帶給我肉體上的歡愉，與解除寂寞的快樂，但現在對我人生最重要的，是「兒子」！我終於了解「不在乎天長地久、只在乎曾經擁有」這句廣告詞為什麼這麼紅，因為它解決了在感情難題中徘徊、茫茫然尋求答案的青年男女，因為這句話讓所有的感情都能安心的告一段落。我天真的盤算著與程琳分手計劃。

4

思緒解開後，人也顯的神清氣爽，這樣的感覺就像和憶柔新婚時，那種人生充滿意義與希望的感覺，我本想等回北京解決和程琳的事，但心想恐怕又夜長夢多，又怕當面講勇氣不足，所以就在辦公室待晚一點，等好不容易所有人下班後，我立刻打了電話到北京，想趕快談清楚這件事。

「程琳嗎？」

「啊！你總算打給我了，我找你好幾天了，可是都找不著！」程琳說：「我愛人跟我聯絡上了！」

「那恭喜了」我心中暗自竊喜，真是天助我也，我故意表現冷淡，想藉此漸漸扯遠她跟我的距離。

「怎麼了？」她聽出我話中的冷漠。

「沒什麼啊，是真的恭喜你，我們……」我想時機到了，是時候談分手了。

「你別這樣，我跟他是有深厚的感情，但距離拉遠了這份關係，我和他難以割捨的是親情，現在我只對你一心一意」她不等我開口，就表明一切心意。

「……」我不知該如何是好，事情的發展出乎意料，我的方寸大亂。

「等他在廣東塵埃落定、有所發展後，我就會立刻跟他坦白」她想安撫我的情緒。

「這對妳不公平」其實這是我掩飾自己自私的一句話。

「我心甘心願」她講得無怨無悔。

「我不值得妳這麼做，況且，況且我的老婆有小孩了」我知道再扮演「深情男子」，也不是辦法，只好一切攤在陽光下，「琳，回到你愛人的身邊，他需要你，而憶柔與未出世的baby，現在也需要我……。」

「……」此時話筒那方安安靜靜，我從辦公室窗外一探頭看到這城市難得一見的皎潔月亮，想起了和程琳初相識時的北京城，也有這樣一輪皎潔的明月，我曾握著程琳的手，告訴她北京和廣東的距離雖然遠，卻都可以看到同樣的月光，這是上天送給戀人的禮物，我的心有些酸。

程琳平靜的問我：「你的意思，是要分手嗎？」

我只好開口：「我們都知道，這一切總有結束的一天，是我對不起妳，我回北京後，會好好補償妳的！」

「你以為這是包二奶，玩完丟錢就算了嗎？」程琳的口氣大變，略帶激動的說，我有些後悔說錯話了，因為我碰觸到了程琳內心深處最重視的「尊嚴」。

「相信我，我對妳是真心的，只是我要對家庭負責，我有家庭」

「好！隨你，但是我告訴你，我不希罕你的『補償』！」她講完就毫不猶豫的掛斷電話，乾脆俐落是她的一貫作風。

話筒那頭嘟嘟的響，我對著話筒嘟嘟聲說了一句：「程琳，原諒我。」

5

事情算是告一段落了，雖然腦子裡還是老想著程琳，但心情卻輕鬆無比，和程琳這種乾脆的女孩交往，還真是簡簡單單，不過落寞的是，像她這麼不落俗套、個性特別的女孩，也終究只能當作回憶。

我很久沒有踏著那麼輕快的步伐等著回家吃晚飯，可是心理也一直犯嘀咕，我與程琳分手的未免太容易了，會不會等我回北京，宿舍所有東西都被收刮一空了，唉，我真賤，前一秒鐘心裡還在捨不得程琳的好，現在又開始用「小人之心」來衡量她。

想著、想著我已經走到我家的那棟大樓，抬頭尋找著十九層頂樓B座那一層房子，當初與憶柔會選擇這麼高，主要是因為這樣就可以看到整個城市的夜景以及對面的那片在黃昏總會映照著滿天雲彩的夕陽，此外，還有一個重要的原因，那就是十樓以上，我媽與她媽都不敢住了，我們可以擁有一個絕對的兩人世界，所以這對我與憶柔而言，是一間夢幻愛情的房子，看著那一層房子散露出柔柔鵝黃色的燈光，我想裡面一定很溫暖，並充滿著笑語，而我竟然差點毀了它……。

(六)

女人最可怕的地方，就是她一旦下定決心要離開，就是真的要離開！而男人最大的敗筆，就是看到女人那麼堅決後，又會覺得不捨，然後痛苦。

1

回到北京，我第一件事就是趕回「亮馬河」的公寓，我一推進門，就感受到這裡已經有幾天沒有住人了，空氣有些悶，所有的家具，包含我買給程琳的電腦，都可憐兮兮的停留在原位，進了房間，我發覺程琳將所有我買給她的東西都留下來了，我打開房間的窗戶，看著靜靜躺在楊柳岸，波光蕩漾的亮馬河，突然感到心頭有些難過。

2

原本以為所有的故事就這樣結束了，在我退掉亮馬河公寓一個月後，接到了一通讓我無法入眠的電話，「老周，是我老張，嗯……，有件事不知道該不該告訴你？」

「張董，有什麼事，你就直接說吧？」我有些不耐煩，因為當老張這樣問時，他其實已經在說了。

「我今晚去長城飯店附近那家卡拉ＯＫ應酬時，我看到了程琳……。」

「不可能，她還是學生，怎麼會去那種地方？」我心裡有種不好的預感，我相信老張不會騙我，但我更寧願自己看錯了，如果說程琳是因為我而沉淪，我會一輩子良心不安的。

「你是不是看錯了？」

「不可能，雖然她把頭髮剪短了，我還是認的出來，而且她看到我時一臉驚愕，不等我過去跟她打招呼就逃開了，我更確定自己沒有看錯！」

聽完老張的電話，我全身無力的攤在沙發上，心中百種滋味雜陳，我一定傷她很深，她竟然把她最喜歡的長髮剪掉，曾經聽過，當一個女孩把留了很久的頭髮剪掉，通常只有三種原因，一個就是她想忘掉某件事情；一個就是她想紀念某件事情，另外；就是她想改變現狀，我不確定程琳是為哪個原因剪掉頭髮，但我很確定她絕不是為了要紀念我與她分手，畢竟就在她決定要不顧一切跟我在一起時，我離開了她。

為了這件事，我整夜都在設想程琳的心情與狀況一夜沒睡，一早七點半，我不加思索，就決定到程琳的學校找她，想不到她的同學告訴我，程琳一個月前已經休學了，我一個人呆呆走在北京海澱區的街道上，心裏忍不住罵自己，我真是個好人做不成，壞人又做不好的人，既然已經分手了，又何必再為她擔心，可是，我就是覺得自己對程琳總還有一些不捨與責任，今天，可能是我到北京以來度過最長的一天了。

還沒等那家程琳出現的卡拉ＯＫ開張，我就押著老張帶我找這家店的經理，打聽程琳的消息，這家店經理說：「印象中，程琳也只是來上班半個月而已，不過，因為氣質談吐都不錯，還蠻受客人歡迎的，據說，她不大喜歡談自己的事，也沒有與誰特別的好，如果你們對她那麼有興趣，今晚我可以安排一下。」

老張陪我在卡拉ＯＫ喝了一晚悶酒，果真如我預感，程琳沒有來上班，我不好意思再請老張陪我等下去，更沒有心情飲酒作樂，只得摸摸鼻子先走，我又不想回家，突然興起去找那家「五十年不變」的酒吧老闆阿吉聊聊的念頭，或許跟「飄一代」談談後，也可以感染到他們隨時能放掉一切的灑脫。

我逕自又走進了阿吉的酒吧，面對著阿吉，我沒有往常的熱絡，只是坐在吧台，持續喝著悶酒，本來阿吉看我一個人悶，想陪我講幾句話，但我告訴他，我想一個人靜一靜，沒想到那個死阿吉，就真的讓我一個人，孤孤單單的坐到打烊，我想，程琳是真的離開我了，會留念與痛苦的，只有自作自受的自己，男人真的很賤，**女人一旦下定決心要離開，她就是真的離開！而男人最大的敗筆，就是知道到女人那麼堅決後，又會覺得不捨，然後痛苦**。

我只記得那天清晨走出「五十年不變」時，我突然覺得，對我而言，程琳並沒有真的離開，平時沒有感覺，但一旦想起，就會隱隱作痛，完全符合她調皮的個性，其實她一直會留在我心裡的某個部分，五十年不變……。

我的心依然停留在過去見你的時空，反覆思量你的每一寸表情，貪婪的呼吸著你的呼吸，雖然當時你就在我旁邊，只有不到一個手臂的距離，但我的心告訴我，我對你的思念，還是有深海那麼深，終究你離我的距離，還是有萬里長城那麼長，但我還是感謝上蒼，讓我曾經遇見過你，或許你就像那北極光，只是一閃而過我的眼龐，但終究讓人可以細細回憶一輩子。

思舟

迷你馬王子與172小姐

這世間有一種東西叫做緣分，總是出現一種地方稱為危險，因為相信緣分所以我不怕危險，這世界有一種試煉叫做真愛，它最好的朋友叫做麻煩，我想要真愛所以不怕麻煩，人生有一種回憶叫永恆，他另外一個名字叫做短暫，因為短暫所以會美的永恆，這一秒有一種疼痛叫做心動，因為緣淺、因為真愛、因為短暫、因為永恆想念，所以心痛。

思舟

「這世界最遙遠的距離，不是南極與北極，而是我比她矮那五公分的距離！」有人說：女人每矮一公分，就多了十倍選擇男朋友的機會，不過，要是男人每矮一公分，那可是個乘數效應，至少要減少一百倍選擇女朋友的機率。而在大學的校園裡，也有這樣的一種說法，女生認為男生，最起碼要一百七十公分以上，才叫做白馬王子，而一個男生要是少於一百七十公分以上，雖然勉強也能叫做王子，但很抱歉只能是迷你馬王子。

我，彭大先，很不剛好，在一進入大學校園的大一迎新會上，雖然我已經努力穿高一點的皮鞋將頭髮儘量梳成掃把頭的造型，以為這樣就能勉強達到一百七十公分，白馬王子的標準，沒想到，大學美女們的眼睛是雪亮的，我還是被歸類為屬於迷你馬王子系列的男生，而被歸類為迷你馬王子的悲慘下場，就是每次班上舉辦男女聯誼，要是剛好女生人數比較少，或是偶然有重量級的極品出現，我總是屬於那種隨時準備「犧牲小我、完成大我」，最後沒有人理我的那種暖場角色，主要任務就是充當所有男女主角完美相遇過程中的小插曲。

不過，俗話說：「every dog has his day」，沒想到我這匹迷你馬王子，還是會有出運的時候，所有的事情，都是從大一聖誕節前夕開始，在我念的那所天主教大學裡，每到聖誕節的前夕，校園的空氣中彷彿就凝結好濃的聖誕節氣氛，但這種氣氛帶給所有大學生的，不是耶穌的呼喚，反而是一種趕快找到另一半共同過節的心情，面對這樣的氣氛，整個校園中從餐廳、宿舍、教室都讓人無處感受不到，唯一可以稍稍逃離這種氣氛的地方，大概只有圖書館啦。

平常其實我是很少上圖書館了，但面對聖誕節迫近，卻依然找不到人談戀愛的我，這裡似乎是可以暫時逃離朋友們熱烈討論聖誕節去哪裡約會的地方，我百般無聊的走進文學院的圖書館，其實我是法學院的，但進入大學快一學期，自己法學院的圖書館並不熟悉，其實是根本很少去，但卻對文學院的圖書館很熟悉，因為我總是喜歡與三五迷你馬王子陣線的盟友，到這裡看美眉，因為文學院出美女嘛！

我抓了一本歷史書，隨意找了一個靠窗口的位置坐下，書還沒翻幾頁，想到自己辛苦唸書考上大學的原動力，說什麼對未來有多大夢想，其實都是不大真實的，最主要其實就是為了要交一個女朋友，當然是很棒的種，所以才拼命讀書的啊，但幻想是美麗的，現實是殘酷的，唉，我只是稍微長的矮一點，身材有一點像維尼熊，就乏人問津，反觀我高中同學小任，只是長的帥一點，身高一八〇，還是高中時代就常收到外校女生情書，更不要說後來還考上國立大學，唉，同樣的十九歲，遭遇真是大不同，想到這裡，還真是有點可憐。

就在我長噓短嘆之間，突然間一個沉重有力的手掌拍向我的肩膀，原來是我的大四學長空哥，他笑道：「在這聖誕節大好前夕，作為一個大學新鮮人，怎麼不去享受青春時光，而在這裡嘆氣呢？」我遂把剛才的心情跟他講了一遍，空哥說：「可憐之人必有可恨之處，聖誕節應該是實踐夢想、讓夢成真的日子，凡有志戀愛青年，都應該奮起追女，光嘆氣有何用？」我被他講的有些惱羞成怒，遂問：「那學長又為什麼在這戀愛好時節到圖書館來呢？」空哥說：「我正是為渡化你而來，你知道嗎？我們學校一直有個神秘組織——『解救曠男聯盟會社』，專門解救你這種泡不到馬子的曠男，傳授你們找到幸福的秘訣，成為天下無敵把馬手，這世界上再也沒有你泡不到的妞、交不到的女朋友，我就是這個組織的社長，只要繳交入會費一千元，就可以成為觀察會員，再經過三道入會考驗，就可以正式加入，成為正式會員，成功找到幸福的秘訣啦！怎樣？要不要加入試試看！」

我望著小腹已經有些微凸、頭髮也不怎麼有型，與我同屬於迷你馬王子系列的空哥，心中感覺到有些怪怪的，更奇怪的是還要繳交入會費一千元，唉，想不到現在詐騙集團的手法，也已經滲透進入校園，我立刻用一種顧左右而言他的口吻說：「學長，我剛好想起來還有些事情，我想先走了，下次再聊好了」，接著，我就起身準備離去，沒想到空哥突然大叫：「等一下！你看這張照片是什麼！」由於圖書館很空盪，空哥的叫聲讓我有點嚇了一跳的感覺，不過，回頭看一下他掏出的照片，更讓我吃驚，那張照片是空哥與一個漂亮女孩的親密合照，但那個漂亮女孩不是別人，正是現在歌壇紅透半邊天的小琳，看著我吃驚張大的瞳孔，空哥慢條斯里的收下照片，緩緩的、帥氣的、雖然與他的造型不大相稱的告訴我，「這段美麗的戀情，是我與小琳的秘密，唉，要不是為了顧全她的事業，我決不會忍心跟她要求分手的！在學校，沒有多少人知道這件事，大先，我希望你能為我保密！」

人在面對慾望時，心靈總是特別脆弱，當然此刻也特別容易進入各種詐騙的陷阱，雖然空哥那張與小琳的照片可能是電腦合成的，但當時的我或許是想交女朋友或是寂寞昏了頭，竟然真的就從口袋皮包拿出了一千元白花花的銀子給空哥，空哥也幾乎同時間迅速接了手過來，並告訴我：「完成手續，恭喜你！現在已經是『拯救曠男聯盟會社』的觀察會員了，你現在只要再經過三次考驗，就可以得到幸福秘訣，成為把馬聖手」

「快點說，那三道手續」？我迫不及待的問空哥，只見他眼神閃過一絲狡滑的靈光，告訴我：「從現在這刻起，你走出去看到的第一個女孩子，你必須過去跟她搭訕認識，並且要到她的聯絡電話！」剎那間，我有點受騙上當的感覺，偏偏不經意之間，已經有一個清秀女孩走進圖書館，這時只見空哥在我耳邊說，「學長會幫你一把，快上！」空哥又突然大聲對那位女孩說：「嗨！美女！我朋友有事情找你！」，我還沒回過神，空哥已經溜之大吉，只剩那個女孩感覺有些錯愕的望著我，我定神一看，天ㄚ，這個女孩長的真美，長髮披肩，皮膚白皙，笑容甜美，正是我喜歡的那種長腿妹妹，只不過，有點問題，她好像長的高了一點，足足比我高了一個頭左右，對我這個迷你馬王子而言，第一次考驗，就遇到一個高難度的，不過，俗話說：「頭毛已經洗到一半，不洗完不行」，只是該如何開這個兩人談話頭，卻是個大學問，是要掰一個「你好像是我小學同學的理由呢？」，還是「請教她如何長的那麼高？」，或乾脆直接了當告訴她，「我想要與妳做朋友」，類似這樣的想法，快速在我腦海閃過，最後我忽然想起莎士比亞說過：「玫瑰不管換什麼名字，都是一樣的芬芳」，即使我是個身高加頭髮加鞋跟，也都不滿一百七十公分的迷你馬王子，但終究不可否認我至少還是個不錯的男孩子啊，至少五官端正、內心善良，而且不是說自然就是美嘛！所以，我決定直接向前跟這位大我一號的長腿美眉說聲：「嗨！」，這聲嗨，也改變了我的一生。

「你好！我是法律系的彭大先，我知道這樣很冒昧，不過，我很想認識妳，是不是我們有機會可以做個朋友？」我一口氣說完這些話，然後四周的空氣彷彿凝結，只見這位長腿美眉彷彿雕像的臉龐，突然吐出一句話：「同學，圖書館今天五點半關門，請收拾好東西，準時離場。」

無論如何，我認識她了，本學期圖書館打工之花，商學院有名的長腿美眉，雖然過程有點遜，但空哥說：「往好處想，起碼我對她而言，已經不再是路人甲乙丙丁，而是一個認識的人」，但接下來呢，空哥說，你必須要到她的手機電話，才算是過了第一關，而想要到長腿美眉的私人手機，當然，必須要先跟她熟起來，怎樣跟她熟起來呢？答案就在養成她對我的習慣，所以，我開始每天固定出現在她圖書館打工的時段，空哥建議我最好都不斷「借」與「還」同樣一本書，他推薦《誰來教我愛》，我照做了，結果長腿美眉竟然真的有了回應，不過，她的回應是說：「你老是借這本書有點噁心耶！」

那天我打電話罵了空哥一個鐘頭，但他告訴我，至少長腿美眉已經對你加深了印象。

其實，或許空哥說的話真的有點道理，因為從那次起，長腿美眉開始跟我有了一些對話，雖然都是一些沒什麼營養的話，例如，「最近怎麼都不借那本《誰來教我愛》啊？！」或者「期中考到了，你準備好沒有啊？」之類的，不過，我後來才瞭解，原來很多感情與浪漫的滋生，其實都是拿這許多沒有營養的事當成土壤，來滋潤發芽的。

「愛情總在不經意中滋長，卻又可能在你最在意時離去」，終於在每天沒什麼營養的對話中，我開始與長腿美眉墜入了愛河，每日的相見，成為我們二十四小時最大的期待，只是最近她告訴我，她的姊姊生病了，她想請假一個月回台中去看看，同時也不忍心讓父母單獨照顧姊姊，一個月的時間，這對熱戀中的我們而言，其實讓人有點小抱怨，也因此，從不對我有任何特別要求的她，在準備回台中的前夕，特別要求我推掉一切的事情陪著她，不過，其實也沒做什麼，就是像我們平常的約會，天南地北的聊天，帶她看一場明天就忘記劇情的電影，然後散步在可能已經走了一萬遍校園，直到她的宿舍十一點門禁時間到，只是這一次在門禁時間到之前，她抓著我的手，感覺握的特別、特別的緊。

長腿美眉回台中去照顧姊姊了，可是總有點讓我感到有點狐疑的是，我想去台中看看她，她總是不准，剛開始的理由，是說怕我來回奔波太累，後來，晚上講電話的時間也越來越少，她總是推說姊姊病情需要人照顧，我有些時候想去台中玩玩，順便看看她，她卻也以各種理由迴避，我開始有點覺得奇怪，長腿美眉為什麼不讓我去台中看她，我心中開始胡思亂想，聖誕節又快到了，長腿美眉不會是真的想要讓迷你馬王子一個人可憐的過聖誕夜吧！？

其實從與曾華開始約會後，其實我天天都期待要看到曾華，與她相聚，但她似乎變的更忙了，她拼命的學日語、參加熱舞社、日式料理研習社團，甚至還去電影院華納威秀打工，根本就是女超人嘛！我現在平均每一週大概只有一天可以完整的與她共度，其他的日子，不是去接她下班、下社團短短的一兩個鐘頭，雖然，我承認那都是很棒的一天或一兩個鐘頭，因為，嘿嘿，大家都知道，男女之間的關係，是有進無退的嘛！但因為她實在太忙了，而且每兩週還要扣掉她回台中看爸媽的時間，我這個男朋友，真是世界上少數幾個可能要看排班時刻表，跟女朋友見面的苦命男，我曾想要跟她抗議過，不過，在我突然想到，或者，其實她在台中，已經有了「野男人」，OH MY GOD！我不想再胡思亂想了，所以，我決定先斬後奏，直接到台中長腿美眉家裡去找他，也順便給長腿美眉一個驚喜，送給她我為她精心挑選的耶誕禮物與卡片。

長腿美眉台中的家不難找，就在東海大學國際街附近，這裡有很多很棒的咖啡館，難怪可以孕育這麼有氣質的長腿美眉，我懷著一顆忐忑不安的心，到了長腿美眉的家門口，正要撥長腿美眉手機時，門口突然出現了一個小辣妹，我看著她，她瞪著我，突然說：「你就是那隻迷你馬王子彭大先嗎？」，我一時呆住，心想這應該是長腿美眉的親人吧！便回答：「請問你是……？」小辣妹說：「我看過你的照片，我是你那個長腿美眉曾華的表妹曾經，你這個沒良心的，為什麼怎麼現在才來看我表姊？」我說：「你說什麼？」，小辣妹說：「我要是你，女朋友已經宣告得到癌症了，明天就要開刀，我還管念什麼鬼書？還不趕快來陪她！」

聽到曾經這樣說，我整個人完全呆住了，曾經看我的表情覺得有點奇怪，一時之間也愣住了，經過許久，我細問了曾經，終於明白了全部的真相，曾華根本沒有個姊姊生病，原來是她自己生病，小辣妹曾經可能知道了她搓破了表姊不想讓我知道的真相，她表情懊悔的說，表姊從小與她最好，曾華一定是因為想把最美好的回憶留給我，所以不願意讓我看到她現在的病容，到底，我應不應該拆穿這件事？我不知道，這個問題一直在我心中掙扎著？我跟著曾經到了長腿美眉的醫院病房門口，彷彿聞到了曾華身體的香氣，那一刻，我拉住了曾經說，「請不要跟你表姊提，你今天有遇到過我，就說你回家幫她拿東西時，收到了她一個小包裹，好奇拆開來看，發現是迷你馬王子給你的聖誕禮物與卡片，所以特別給她帶過來！」

我走出曾華那棟病房，找到了可以看到曾華六樓病房窗口的位置，我靜靜的站著，回憶著曾華回台中前，特別要我陪著的那一天，彷彿她就在我的旁邊，我握著她那軟軟有些冰涼的小手，走在那已經散步一萬遍的校園，我突然瞭解，原來真正的幸福，就在於可以跟心愛的人在一起，雖然每一天的生活都看似一樣，聊天、散步、吃飯、上課，至少重複一萬遍，但其實每一遍的平常與當下，其實都是幸福，只是很遺憾，人總是在可能要失去的時候，才似乎可以了解。

站在曾華病房窗口的外面，並不覺得光陰的流逝，直到我的手機鈴聲響起，是曾華打給我的，我拿起手機，碰觸到自己早已濕滑的臉頰，輕輕的說一聲「喂」，「我親愛的公主，有收到迷你馬王子快遞給你的聖誕禮物嗎？」在今晚的熱線當中，我決定要告訴曾華，等她在回台北的時候，我們一定還要在去那最熟悉的校園散步，我還是要溫暖著她那軟軟、有些冰冷的小手，再也不放開……。

之二

或許真的是要面對死亡這種問題時，人才會知道自己生命中真正重要的排位、順序是什麼？曾華這次的手術，據曾經告訴我，很幸運的非常成功，之後的化療也相當順利，甚至沒有電視劇裡那種會掉光頭髮的反應，後來我才知道，不是每一種癌症的化療都會掉頭髮，但醫生告訴她，這種癌症的類型，即使手術、化療都很成功，五年內都有復發的機率，而且生存率只有37%。

不過，曾經說，曾華很樂觀，雖然瘦了很多，而且人似乎也比以往改變很多，至於改變在哪裡？曾經也說不出個所以然來，應該是更陽光吧！以前的她在公開場合總是比較害羞，現在她會主動去抱抱他的爸爸媽媽，以前的她似乎比較會把話藏在心裡，現在比較容易講出來，或許，曾華開始知道，不同於以往有大把青春可以揮霍，時間是她目前最寶貴的東西，去珍惜生命中與每一個親人的相處、細細體會每一次的經驗，都是她目前最重要的事。而且，如果今天是我生了病，而且知道我可能只有五年的壽命，我會把這段時間拿來做什麼用？親人、愛情、夢想、生命的更多體驗，哪一個要排在前面？我想我可以理解她做出的任何決定。

經過一個月，手術後的曾華與我在台北見了面，她感覺真的瘦了，並且也讓我感覺到她真的與以前有點不同，應該是說，曾華變的比較熱情，她跟我走在一起的時候，不只會主動牽著我的手，偶而還會突襲式的抱抱我，然後告訴我，她很想我，這一些都不是她生病前會做的事，並且還拉我去坐那個要排隊排很久的美麗華摩天輪，以前她最討厭排隊，現在她告訴我，排隊是一種生活的體驗，也是人生的一種風景，只有花時間去爭取到的東西，最後爭取到才會覺得珍貴。

排了快一個鐘頭，終於坐上了摩天輪，真不愧是台灣最大的摩天輪，我本來以為就跟兒童樂園的感覺差不多，但真正坐上去時，我才覺得其實我有點害怕，而且我現在才發現我有懼高症，因為不同於曾華在座位上亂動、東看看、西看看，我發覺我雙腿有點發軟，隨著摩天輪越升越高，我忍不住把眼睛閉住了，然後在心裡欺騙自己我是在平地，曾華問我：「你怎麼閉眼睛啊？是不是害怕？」基於男性的自尊，我說：「我只是在閉目養神」，曾華突然笑了起來說：「你這麼用力抓住我手，感覺不像是在閉目養神喔？」，好吧，穿幫了，「我坦白說，我有懼高症！」曾華說：「那我幫你治療一下」，說著，曾華輕輕的在我嘴上一吻，人類醫學歷史上一項最偉大的發明，終於在這一刻產生並得到證實，那就是當你處在於極度恐懼的時候，如果可以適時分泌大量的男性賀爾蒙激素，那所有的恐懼都將煙消雲散，反而這時蛻變出來的，是一個所向無敵的勇士，難怪古人說：傾國傾城，西方的希臘神話，可以為了一個美女海倫，打了幾十年的特洛伊戰爭，就在曾華吻我的那一剎那，我緊閉的眼睛睜開了，而且更緊緊的抱住她，感受她的體溫與心跳，這個時間不知過了多久，應該是直到摩天輪門外工作人員敲門喊話，說再不出來，就要再補票，多收一次錢為止。我突然覺得，其實曾華不管會在我身邊多久，她給我的回憶、給我的溫度，將會一直存續到我的腦波停止為止……。

痞子三十歲

颱風是一種氣旋，由兩種相反的力量結合形成，我心中也有思念與心痛兩股力量的交纏，慢慢形成一種叫做愛的氣旋，愛之颱風構造也分成外圍環流、強烈風翅、颱風眼；環流掏空我的心，風翅帶我飛離到天堂與地獄的交界，我摸不到底，也看不到岸；颱風眼，風平浪靜、無風也無雨，僅存一聲低語叫不悔。

思舟

一、承認自己是個屁

我，三十歲，單身寄生蟲。

平凡上班族，月薪三萬五。

孤獨、寂寞、空虛、無助、難耐是快轉化成性格的常有心情。

看到報章雜誌報導一些青年才俊的新聞或專題，就開始暗暗計算自己的年齡與那些「成功」人士的差距，然後產生一種賺錢速度趕不上別人的焦慮。

不幸在青春的尾巴碰上internet網際網路發達的時代，卻因年老力衰而對電腦網路的運用，比不上那些十九、二十歲出頭把電腦當老婆、甚至在它面前打手槍的青春少年兄；想乾脆靠毅力與勤奮取勝，卻又比不上那些常說自己吃番薯長大，四、五十歲總經理級、宣稱小便要便出血來才算努力過的偏執工作狂。

雖然恭逢股市上萬點的榮景，卻口袋空空沒錢買，倒是房地產泡沫化、美國911事件後股票狂跌、全球經濟成長趨緩、個人資產縮水、失業率破紀錄、憂鬱症變成世紀三大死因，這些好像在電影金錢帝國的那個鄉巴佬年輕人提姆羅賓斯才有可能遇到的衰尾事，全被我遇到了！

比上不足，比下未必有餘，於是午夜夢迴，竟赫然發現自己看似成熟的軀殼內，盛裝的是一顆侏儒的心靈。

事實上，出社會打滾後，經常覺得即使再怎麼努力工作、辛勤鑽營，還是會遇到一些無法承受的心理障礙。簡單的說，就是不知道看到的黑暗面太多，還是太看透世情，我開始覺得每個人都是屁，因為不管表面再偉大、再值得尊敬的人，身後總有些狗屁倒灶的骯髒事。

而更糟糕的是，我發現自己也是個屁，而且是不怎麼響的小屁。覺得世人都是屁，只會讓我有點小小難過，但要接受自己是屁，卻讓小時候在我的志願為題目的作文裡，寫長大會當科學家、卻和夢想漸行漸遠的自己心情很DOWN！

我把這個感想告訴痞子，我那總是瀟灑自如、泰然自若的大學同學。其實同學中本來跟我最好的朋友並不是痞子，但最後卻和他保持聯絡最久，我想其中一個原因，應該是痞子總是不會對我掩飾心中的各種想法，在看慣背叛朋友與被朋友背叛的都市叢林中，跟痞子這樣的人交往，能讓我有一種奇妙的安全感，而且他是個記者，聽的多、見的多，經常可以給我許多意見。

痞子聽完我覺得自己是個屁的感覺，先是陷入了沉思狀態，然後突然像下了很大決心似的說「跟你講一個秘密，其實最近我也有這種感覺，開始當記者時，總覺得自己很了不起，是揭露社會黑暗面的正義使者，每個人對我都很尊敬、甚至有點畏懼，而我的『自我感覺』也相當良好，直到有一天我突然發現一個可怕的事實……」，痞子吞了吞口水說，「別人其實不是尊敬我，而是懼怕我後面的招牌，我只是一隻狐假虎威的狐狸，要是我脫離大媒體，就什麼也不是，或者說，那樣的我，也只是個屁」。

看著似乎也要沮喪自己在世上舉無輕重的痞子，我便將話題引到一個較有建設性的方向，「你當記者見多識廣，社會上是否有一些類似張老師的心理專家或輔導機構可以諮詢？」痞子無奈的說，「我早就想找一些專家團體談談，但很奇怪，社會上有專門關心十七、八歲青少年的基金會，還有處理四、五十歲中年危機的專家，甚至還有諮商老年人性生活的慈善組織，卻怎麼也找不到一個地方，關心正是徬徨無助三十歲的我！」。

的確，三十歲的徬徨最無依無靠，因為毛頭小子在十五、二十歲時，還有資格為賦新詞強說愁，但當一個人活到三十歲，消耗大半青春，還有什麼臉能像少年人一樣一無所有、一再犯錯、一樣的笨與拙。

因為一個人的價值會隨著時光流轉，產生量與質的變化，像心理漸漸成熟、社會地位慢慢加深等，而逐步走入一個想望中成功、幸福或圓滿的人生，因此倘若活在世俗眼光下的台灣男子，到了三十歲，還沒累積什麼成就，通常就殘酷地被視坐著人生已經沒有太多冒險的本錢與機會。

這時若再聯想到別人三十歲時，已經幹了許多大事：比方說出「三十而立」名言，帶給後世三十歲男子莫大壓力的孔夫子，他在三十歲時正式於民間收徒講學；耶穌基督三十歲開始傳道授業解惑；中國民主革命先行者孫中山，三十歲成立興中會，並策劃第一次廣州起義；拿破崙三十歲時成為法國大革命政府第一執政；再近看台灣崛起的網路金童、遊戲公司英雄，這些人哪個不是在三十歲就坐擁數億財富、名揚四海的，而反觀自己卻是個連晚餐要吃什麼，都要數數荷包裡還有多少銅板的窮酸上班族，一想到這裡，心情就和李宗盛一樣最近有點煩。

不過，痞子畢竟究竟是痞子，在稍微回神後，聰慧的他並沒有如預期般和我一起煩，然後陷入沮喪，痞子在突然若有所思後，像是得到重大啟示般，正色的告訴我，「其實每個人的確都是屁，但重要的是，自己能夠承認自己是屁，就像蘇格拉底說『真正的聰明是知道自己無知的人』，套到現代社會則是『真正的覺悟是知道自己是屁的人！』，唯有心悅誠服地承認自己是屁，才能在重重社會壓力下，得到心靈上真實的解放，我平庸所以我快樂嘛！呵」。

看著總把頭髮梳的油亮到會反光的痞子，我不以為然的說，「我寧願躲在勞斯萊斯的車裡面痛苦，也不願在天橋底下當個假裝快樂的屁」。

痞子笑著說，「承認自己是屁，並不代表自我放棄，只是讓自己更看清現狀。畢竟，努力的人那麼多，成功的人永遠那麼小撮，就讓自己輕鬆點，反正，不管是成功或名啦、利啦，是你的就是你的，不是你的強求也沒用，王永慶三十歲時，也沒想過會變成現在的王永慶啊！」

痞子視線投向遠方繼續說「社會複雜的很，能夠安穩地生存下來的人，必定有他獨特的生存之道，所以屁固然臭，也有他值得學習的地方，所以承認自己是屁不容易，懂得去尊敬每個屁更不簡單。」

我嘆口氣回應「聽你的說法，我不只要承認自己是屁，還要學會去尊敬每個屁？」

痞子閃爍的眼睛直盯著我，露著似笑非笑的表情說，「沒錯，想在弱肉強食的現實都會中生存，第一件事，就是承認自己是個屁，將無謂的自尊拋棄、將過去的小成小就遺忘、將自我的心態歸零，才能讓自己的身段更柔軟、空出更多學習空間，就像美國經典小說《麥田捕手》裡講的，『一個不成熟男人的標誌是，他願意為某種事業英勇的死去；一個成熟男子的標誌則是，他願意為某個職位卑賤的活著。』，其實長大的第一特徵，不是長出可笑的鬍子或喉結，而是孤單的驚覺『地球不是為我一個人而轉動！』」

「地球不是為我一個人而轉動？」我一陣錯愕，「十五歲當你被暗戀的女生狠毒拒絕時，你不是才終於發現並不是個每人都會愛上你；十八歲當你高中聯考失敗，且總分不到一百時，你不是才終於發現，不是每個人永遠都是第一名；二十四歲當你面試的工作石沉大海時，你不是才終於發現，並不是每個人都會像你爸媽一樣永遠甩你」痞子一邊說一邊閉上了眼睛。

我們陷入一種沉思狀態，沒有再應答，氣氛陰冷，兩人彷彿都憶起了傷痕累累的青春。

痞子突然打破這種氣氛，無俚頭搞笑的表示「其實當個屁好處也不少，難怪我老爸說屁是他上司、他上司就是屁」，不過，很遺憾，不管是說笑話的人，還是聽笑話的人，都沒有人笑，這是個冷笑話，尤其是對於正在思考，要不要承認自己真的是個「屁」、願意為一個職位卑賤的活著的兩個三十歲男子而言。

二、每週兩次到沒有人認識自己的店買樂透

唉！就算真為了生活，選擇當一個成熟男人，在一個無足輕重的職位上卑賤地活著，我還是可以保有一點點轉換人生際遇的小小希望吧！

這個小希望就是每週二與每週五買的樂透彩券，它讓我能偷偷幻想，作著中了頭獎後，能勇敢炒了那個養了二個小老婆、有嚴重口臭，還老是喜歡張嘴訓人的小氣老闆魷魚；換掉從家裡有錢的學弟手中便宜買來，其實是二十年老

車，顏色醜不拉幾、沙發上還有精液痕跡的爛VOLVO等能徹底改變自己人生的白日夢。

雖然中頭獎的機率據說只有五百四十萬分之一，且比被雷打中的機率還低，但夢想是現代社會的氧氣，沒有氧氣，人類怎麼生存？沒有氧氣、一個三十歲，對現實無奈，卻無力改變而快窒息的男人怎麼活下去？

我這樣的中獎大夢，並不想公諸於世，所以我選擇到離公司兩條街以上的樂透店買彩卷，因為面子心態作祟，我無法坦然告訴所有人，或者大方讓別人發現，原來我是個對現狀不滿，卻無力改變，只能寄望靠買樂透來改運的上班族。

還好，有這樣心態的人真不少，因為我在樂透店巧遇痞子。

「嗨！痞子，你也來買樂透啊！」

「沒有，我是買來送人的，你也知道，現在人際關係很麻煩，連送點小禮物，都得花心思，所以乾脆送一張樂透彩券，就等於送一個短暫的發財夢。」

痞子這個藉口說得好，他問「你呢？也來買彩券啊！」

「對，我也是買來送人的」我當然也不肯承認。

雙方臉上都湧起尷尬的笑容，用微妙的眼神交換理解的表情，事實上不就是兩個對現實不滿、無力改變，卻死要面子的人嘛！

對朋友坦承痛處，是一種治療自己心理不平衡，並走出困境的最好方法，我與痞子會成為好友的原因，就在於我們隱瞞彼此窘境，從來不會持續超過十分鐘。畢竟在容易使人精神衰弱的都市中，每個人都需要一個可以在他面前完全透明的朋友，否則心情壓抑太久，很容易轉換成精神病的，你看路上自言自語的人是不是愈來愈多，他們很多都是沒人可傾訴，才轉而跟空氣交談的！

痞子和我一樣，樂透從沒中過，即使最低獎項兩百塊都沒有，喔！神啊！難道我們真是天生帶「衰」的人嗎？痞子說：「有可能喔，從小撿到錢沒我的份，但丟錢的名單上，卻極有可能有我」，不過，說歸說，每到星期二與星期五的樂透開獎日，痞子與我還是不約而同的都會去買一張，反正有「中」就可以改變一生，沒「中」就當作善事，這種阿Q心態，讓我們每週不忘執行的買樂透、救台灣的經濟活動，變得似乎有「意義」許多。

三、對女人開始以幻想取代實際行動

「咖啡」曾經代表痞子對女人展現浪漫的必殺絕技，因為在十八、二十歲時，痞子只要與認識的每一個女孩說，「未來他想在下著冬雨的夜裡，為她煮一壺溫熱的咖啡、想在沉澱悲喜的每個早晨聞到開朗的咖啡香、想在輕風吹拂的咖啡店窗前寫詩而永遠不必不捨的說再見，未來他就想與她開這樣一間咖啡館，不必很大，十幾坪最好，即使五、六坪也能弄得很正點。屋外有幾張露天坐椅，可以看見仲夏的星空點點；屋內擺放溫暖的木質桌椅，再用玻璃瓶插幾隻綠色植物，好讓空間顯的清澈透明，有機會的話，還想在牆上掛幾幅她的素描人像，做為愛的證據」。

通常只要有體溫、有血、有淚的女孩，聽到痞子講的白日夢，都會感動不已，所以痞子總可以順利地對喜歡的馬子手到擒來。

不過，追女史無往不利的痞子，最近突然宣布退出台北泡妞圈，因為有一天他一覺醒來，突然發覺自己對泡妞提不起興趣了，這可能是因青春不再所衍生的一種心理疾病。

現在遇到美女時，不同於血氣方剛的少年時代，痞子腦海中第一時間浮現的，不再是她曼妙的裸露身體，而是泡到她所需花費的時間與金錢，若泡到她的花費符合經濟成本，才能付諸行動，所以肚子微凸已有阿伯架勢、薪水繳完貸款，已沒錢給老媽當生日禮金的三十歲無聊男子，用想像取代實際的泡妞行動，比較節省成本。

此外，痞子還洩氣的說，隨著他年紀漸長，身邊遇到的女人，也產生了變化，原本欣賞你才氣縱橫的漂亮美眉，現在埋怨你不切實際；以前用「易開罐拉環」套在女友手指上，然後說我愛你，她會覺得你浪漫，現在如法炮製，她會說你「頭殼壞去」，要拿「鑽石」當天上的星星一把摘給她，她才高興；以往情人節到台北西門町逛逛，她就心滿意足，現在她，整天想飛去法國凱旋門。

痞子還激動泣訴，不單單是女人，連活到三十歲的自己，行為也出現明顯異常，比方說二十幾歲時，最討厭拍老師教授馬屁的人，現在自己竟可以當眾臉不紅氣不喘的稱讚已經頭頂微禿的老闆「英姿煥發」；青少年時，身上如果有錢，可以全部拿去買音樂會的票、好泡馬子耍帥，現在則將錢全部奉獻給股票、信用卡與房屋貸款；年輕時，運動是為了樂趣與發洩，現在只為了減肥；以往可以為了在校園中，不經意與自己喜歡的女孩四目對望，而開心興奮一整天，現在，即使是坐在遠東飯店吃最貴的義大利菜，看著對面全身衣服、裙子的布料加起來，只比餐巾布多一丁點的辣妹，心中不但不興奮，還會突然湧起莫名其妙的空虛感，覺得所有的事都索然無味……。

聽完痞子對三十歲的控訴，我突然想起一件事，剛開始認識痞子時，他並不叫痞子，我也記不清什麼時候開始這樣叫他的，大概是他進入社會工作，頭髮梳得油光可鑑時開始。

在整個大學時代我唯一對痞子最有印象的一件事，就是他把馬子的功力與勇氣，我曾經目瞪口呆的看著他，在眾目睽睽的公車上，直接拿出學生證，搭訕一個大家看了忍不住流口水、想認識想很久的絕世尤物，痞子還當眾大聲告訴這位美女，「他不是壞人，只是個很想認識她的大學生」，這件事對從小就內向羞怯，講話甚至還有點結巴的我來說，是很大的心理震撼。

痞子這樣一個似乎一輩子要以「把馬子」為職志的人，現在竟然對女人失去興趣。

「你是不是中標（意指得性病）了？」我打趣的問痞子

「你才有病呢！唉，其實我只是在想，自己這一輩子是不是就是真的這樣過了？」痞子急忙辯解。

「你不是準備作個快樂的屁嗎？」我問痞子。

「我承認自己是個屁，但並不代表我放棄嘗試成功的機會，或許平凡與泡妞是我人生最常有的註解，但好好拼命的去生活、去闖，也是我一直很想努力去嘗試的事，宛如流星，即使知道有一天終將隕落，也要不斷燃燒光熱，為的是要劃破天際的黑暗和那一秒鐘的燦爛」痞子嘆道。

「ㄟ，不要把我當成你的馬子，那段感性的一套，對一個已經出賣自己給一個女人的已婚男人的我而言，是不會因此有感動或共鳴，更不會因此借你錢！」，我趁機會虧了痞子一番。

痞子無言，低頭喝著他剛點的咖啡。

「只是虧一下你，別介意，ㄟ，你咖啡沒有加糖與奶精，不怕苦啊！」我為自己的話也許刺傷了他感到不忍。

「我喝咖啡不加糖與奶精已經很久了，你現在才發現啊！」痞子像在怪罪我似的對我說。

「你以前不都喝拿鐵的嗎？」我狐疑的問

「我的人生就像是喝咖啡，以往尋求多種組合與選擇，總想感受各種滋味，但最後什麼滋味也都感受到，而太多選擇的結果等於沒選擇，我現在只想好好作對一次選擇，然後再闖最後一次；喝咖啡也一樣，我現在只想喝最單純的黑咖啡，細細品味咖啡豆原汁原味的感覺，而且黑咖啡能幫助我提神！」痞子堅定的說。

自從聽了痞子的話後，我也開始試著點黑咖啡喝喝看，剛開始喝有些苦，但習慣後，入口的苦似乎轉換成一種特殊風味，在深邃幽遠的單純甘苦裡，蘊含著層次分明的香氣，要喝得習慣的人才能體會，只是有時我會這麼想，人生要吃的苦已經夠多了，連喝杯飲料都要選擇黑咖啡，難道三十歲男人，都喜歡找苦吃嗎？

四、陷入結婚與否的掙扎

最近痞子比較沉默，平日饒舌的他，話明顯變少，我探究原因，才知痞子女朋友最近已經對他下了結婚的最後通牒，如果痞子不娶他，兩人就分手。

她女朋友一定要結婚的理由是，她已經過了二十八歲，青春不再，若痞子對這段感情只是抱持著玩玩心態，那麼就趁早分手，現在她雖然坐二望三，但風韻不減，有許多人還「哈」得很，若是痞子在乎多年的感情，就要跟她結婚，組織一個甜蜜的小家庭。

痞子一方面無法說服自己，結婚後的生活，會比現在更好，而且他也不想放棄自己現在自由自在的生活；另一方面他不也想當「現代陳世美」，讓一心渴婚的女友失望傷心，因此關於結婚這件事，痞子非常矛盾，陷入精神壓力。

痞子為解決心中的困惑，開始對已婚朋友作問卷調查，題目是「結婚到底好不好？」。

痞子第一個問卷調查的對象，找了新婚不久的菜鳥。

「決定結婚那天，其實我很恐懼、很害怕，但當我看到結婚喜帖已經寄出、全世界的人都開始在為我的婚禮忙成一團時，我終於覺悟，我已經把那根所有權，徹底出賣給一個女人、再也無法回頭了，因此，我就帶著好比『荊軻刺秦王、壯士一去兮不復還』的瀟灑心情，豪邁地步入禮堂，真希望有一覺醒來，我還是單身貴族」菜鳥說。

痞子聽菜鳥說完後，眼神泛著驚懼之色，好像體會到菜鳥當婚姻烈士的那種慘烈心情，為了不讓痞子太害怕，菜鳥趕快補充，「不過，到目前為止，我意外發現，快活日子還是一樣可以照過，『馬照跑、舞照跳、妞照把』，其實婚姻並沒有想像中恐怖啦」。這樣的補充稍嫌晚，從痞子呆滯的眼神中可看出，他已經嚇到失色了。

痞子第二個婚姻調查對象，是某位上市公司老闆的東床快婿。

東床快婿釣到富家女，一臉春風得意的忠告痞子「商業週刊曾經寫過，人的一生有三次改變自己人生、成為富豪的機會，一是投胎，例如當王永慶兒子，二是結婚，例如當王永慶女婿，三是找到好老師，例如劉泰英遇到李登輝，所謂一日為師、終身為父，有個可以讓他掌管好幾百億國民黨黨產的老師，不要說終身為父，即使當爺爺也可以了」。

「而你，痞子」，這位面露喜色的駙馬爺非常嚴肅繼續說，「投胎已經沒有機會了，而遇到良師嘛，學生時代沒事就蹺課，有酒肉，有美女，不但沒有讓老師先吃、先泡，反而自己先吃完、泡完的你，大概也沒給老師留下什麼好印象，唯一可以改變你人生的機會，就只有結婚了，所以，找個富家女結婚，才是你最好的結婚策略」。

聽完東床快婿說的話，痞子頗有所感，像是得到重大人生啟發般的頻頻點頭。

此時這位說起投胎之論便滔滔不絕的駙馬爺，他的手機轟然響起，看來他的表情雖然力圖鎮靜，但我們都從他老婆「問候電話」中的超大音量聽出，雖然時間不過晚上十點，但他早該準備回家「候召」了，望著駙馬爺急忙離去的身影，我不禁問痞子，「這種減少奮鬥二十年，卻換來血淚交織一輩子的生活，你要嗎？」

問卷調查的第三個對象，是痞子的女性朋友女強人。

「已經三十歲、一把年紀，不可以再混下去了。」她義正辭嚴的訓斥痞子，接著又口氣放軟。

「結婚其實不錯！尤其趕快生個BABY，當你抱著小孩時，你會覺得自己變得重要」。

小丙話才說完，手機就突然響起，是她老公打來的，這位曾連任台北馴夫協會好幾屆會長的女強人，在電話裡用罵小孩的口吻，隨意交代幾句要老公下班準時到學校接小孩之類的話。

看著她的樣子，我跟痞子都覺得，結婚後的她，充分展現在以前單身時代看不到的權威感與重要性。

「人在什麼階段、就該做什麼事，如果三十歲的痞子，沒有趕快選擇結婚這條路，就是失去了在對的時間、作對的事的機會，這時候過了年紀的你，只有三種選擇，第一，娶比自己大的大姊姊，當你另一個媽；第二、花五十萬娶越南、泰國等外籍新娘；第三、ＤＩＹ（do it yourself）孤獨寂寞過一生」她在交代老公完「應辦事項」後，優雅的轉身面向痞子繼續補充說道。

「我可不希望你變成電影扭轉奇蹟裡的尼可拉斯凱吉，雖然住在紐約最高級的公寓裡，卻是一個聖誕夜無處可去的寂寞可憐蟲」女強人臨走前拍拍痞子的肩膀，留下這具醒世警語。

我打趣的問痞子，你打算選哪一項？痞子瞪了我一眼，告訴我他哪一項也不想選，我趁勝追擊似的接著逼問他，「那你打算結婚嘍！？」

痞子陷入長長的沉默，他與女朋友詠琪認識五年，詠琪是個無可挑剔的女朋友，美麗、細心、能幹、溫柔、善良，正是大部分男人夢寐以求的理想典型。剛開始認識她時，她正好從大學畢業，還是個小女生，不過，這幾年，詠琪成長的很快，聰明、努力的她，已經是職場上的女強人了。

「我以詠琪為榮，但老實說，我也有些失落，現在我覺得她沒有像以前一樣需要我、關心我了，以前總嫌她什麼都不懂、又愛操心，連出差到香港，都會很緊張，要我安排東、安排西，一定要我去接她，而且只要我一出遠門，不管多晚都會擔心的等我電話，當時常覺得她很煩，可是現在，當她已經不再需要我或任何人時，我又懷念當初她的單純與掛念」痞子低啜了一口黑咖啡告訴我。

「詠琪成長了，不再等我的電話，可我卻還停留在初遇到她時的心情，以為她永遠會像那時這麼需要我，我想這也是我害怕與她結婚的理由」痞子眼睛微微泛紅，告解似地說著。

痞子甚至有點心虛的表示，他也擔心一件事：他剛認識詠琪時，她只是個公司小職員，但現在詠琪不只錢賺得比他多，更是公司老闆心中炙手可熱的人物，未來前途不可限量，而他卻永遠只是個表面威風，其實心裡有點虛的小記者，更重要的是，「我可想最後成為成功女人背後那個默默守候的男人，更不想以後當有人提到我，就總說我是某某人的丈夫，然後眼裡盡是一副我以妻為貴的不屑表情！」痞子嚴肅的說。

我相信痞子即使在告解完後，心情仍然沒有獲得解救，蘇格拉底曾說過，「女人一旦和男人平等，終將凌駕男人之上」，現在的都會女子，除了上廁所小便的姿勢外，我想大致已經取得與男人相同平等的地位，所以，唉！三十歲男人除了要擔心在職場上比不過別人，還要焦慮自己心愛的女人有一天會超越自己，那自己的面子要往哪裡擺呀？

五、選擇離開是為了走自己的路？

在眾人的驚訝聲中，痞子與交往多年的女朋友詠琪分手了，而且還辭去人人稱羨的大媒體記者工作，所有人都不知道他在想什麼？到底要幹嘛？痞子甚至暫時拒絕與任何人聯絡，朋友們唯一能聽見的只有詠琪的心碎聲。

其實當初痞子跟我告解結婚恐慌這件事時，我就已經有了類似的預感，不過，我並不把它當回事，因為這年頭愛抱怨、愛吹牛的三十歲男人滿街都是，更何況，我確定放棄詠琪對他來說並不聰明，但我萬萬沒想到，平常愛吹牛善膨風的他，這次不但沒吹牛，還真的當了一次「任我行」！

某天接近晚上十二點時，我終於接到痞子的電話，我問他到底怎麼回事？痞子只是淡淡的、有點給它悲壯的說，「從小到大，我總是一直在放棄，小學因為怕丟臉，放棄上台演講的機會；中學因為自己長的不夠高，功課又不好，為了跟校花表白，我訓練自己跟女孩搭訕，但最後真的面對那個校花時，我還是逃開了；考大學時，家裡說念哲學沒出息，所以我放棄哲學，改念傳播」。

「轉眼到現在，我三十歲了，如果我又選擇與詠琪結婚，放棄任何改變自己人生的機會，我想我已機可以預見未來三十年人生會怎麼走，我的父母年紀將更大、老婆與小孩更讓人分不開身，我將更沒有勇氣去實現任何理想，雖然我知道現在的選擇，並不一定能保證我以後的人生會變得更好，也許還更慘呢，但我寧願選擇離開，背叛與詠琪的愛情，讓自己在三十歲時，還能**把握最後再逐夢一次的勇氣，做我人生的主角，走我自己想走的路，畢竟，在這個世界上，我不是只想『存在』過而已，我還想真正的『活過』一遍**」痞子感傷的說著！

電話兩端都陷入寂靜的沉默，在這種沉默中，唯一能聽到的是痞子偶然掩飾不住的啜泣聲，我想他是愛詠琪的，只是他作這樣的選擇，是懷抱著破釜沉舟的心情，我想他一定是作了自認為最對得起自己的決定，這是他三十年來給自己最好的禮物，我能體會和我一樣都是三十歲的好友心情。

徬徨的三十歲男子，沒有二十歲的年輕資本，又沒有達到四十歲的深沉不惑，已經不再相信努力的人一定成功，卻在無奈中接受成功的人一定努力；不再去探討人生有什麼意義，只在現實與理想的妥協中相信，三十歲的自己，至少應該把握最後再夢一次的權利與機會，這是證明目前自己還「活著」最重要的事。

自從上次午夜電話後，痞子就很少跟我聯絡了，我有幾次試圖想聯繫他，最後才發現他換了手機，直到上次立委選舉。

其實，三十歲後的我，已不大熱衷參加選舉活動了，一方面工作太忙，另一方面看著一堆都是爛蘋果的候選人，互揭瘡疤，所以讓我患了嚴重政治無力冷感症。

那次我會到選舉場子，實際上，是我經理應香港客戶的要求，要我帶他去參觀一下，因為他們對台灣的選舉活動相當感興趣，尤其是當選舉群眾一起鳴笛，高喊「凍蒜」的那一刻，我赫然發現我的香港客戶也跟著狂叫「凍蒜」。

當他發現我驚訝的看著他的眼神後，這位已經四十歲、頭髮已沒幾根毛的中年港仔告訴我，「抱歉有些失態，我最近壓力有些大，這樣跟著喊，滿爽的，有助於抒解壓力，挺有趣的」，看著我香港客戶興奮又好玩的模樣，我腦中盪出了一種奇想：正全力拼經濟的政府，或許可以考慮一下，將台灣選舉列為一種重點宣導的觀光資源，說不定可以幫助台灣吸引更多觀光客，創造就業機會與收入。

不過這些歪想，此刻對我已不重要，因為我在旗海飄揚、人聲鼎沸的選舉場子裡，突然一眼撇到痞子，他正跟在一位看起來有點像「大哥」的立委候選人後面，高喊「凍蒜」、「凍蒜」（台語「當選」的意思）。

我扯開喉嚨高聲叫他的名字，但他似乎沒聽到，很快地隨著那位大哥候選人淹沒在旗海與人潮裡，看著他隨喧鬧聲逐漸遠去的稀薄身影，我納悶的想，現在的痞子是不是正朝著自己想走的道路前進，是不是依然不曾後悔……？

六、背叛是加入成功者遊戲的代價？

二〇〇二年夏末，台北殘餘的暑氣不因秋天來臨而消散，人們的心情還是煩悶到想吃顆大紅西瓜解熱，不過，屬於夏季的市囂喧嘩卻消逝了大半，只有搞不清楚夏天就快過去的蟬聲，還繼續聒噪著。

我走在台北忠孝東路四段的街頭，剛拜訪完客戶，正在談一個若是新聞發佈，肯定可以讓我工作的威海集團（其實在股市已變成「水餃股」的公司）能連續在股市拉三根漲停板的大案子。我已為這個案子奔走了一個月，這時的時間約是傍晚六點，但我還是不能下班，因為經理正等著我回去開會，檢討這個case的進度，這種感覺有點就像在讀國中高中時一樣，為了考上好大學，在學校辛苦上完一天課，好不容易放學後，卻還是要拖著疲累的腳步上補習班一樣，人的一生，其實不斷在上演著驚人的重複，有時候我會想到痞子，就是那個突然決定是否在結婚前消失的傢伙，我心想著他是不是就是因為要逃離這種重複，所以寧願選擇離開，去過另外一種人生？

看看天色還亮得很，但忠孝東路的霓虹燈已經等不及地亮起，繽紛亮眼的閃爍燈光，襯托著街頭永遠不曾消逝的人群，對於我們這種像螞蟻的上班族而言，這是個只有工作的不夜城。

我從忠孝東路四段走到位於敦化北路的公司，其實只要花費二十分鐘，但今天我準備刻意放慢腳步，像散步一樣晃盪在車馬喧囂的街頭，好像從前送初戀女友回家的那段路程一樣，心靈輕鬆自在，腳步悠悠慢慢，希望就這樣漫步在夜色之中，永遠不要抵達終點。

這樣做也許是潛意識作祟，想讓自己嘗試一下「痞子式逃離」的感覺，不想讓自己太早回去面對經理開檢討會時，所泛起的那張惡臭無比的大便臉。可恨的是在我這個悠哉念頭滋生之際，討厭的手機鈴聲突然響起，唉！又是無來電號碼顯示，一定是經理，他就有這種特異功能，在我想偷懶一下時，適時打通冷風一般的電話鞭策我。

「經理好！我剛拜訪完客戶，馬上就要回公司了」，我直覺反應接起電話就說，但電話那端卻傳來一個陌生卻又十分熟悉的聲音，「ㄟ，你搞錯了，我不是你公司經理，我是痞子」。

「痞子？！你消失了將近一年，總算記得打電話給我了，你現在到底在幹什麼？混的怎麼樣？為什麼那麼久無消無息？」我像連珠砲般的問了痞子一堆問題。

痞子卻很酷、很簡短的回答，「我很忙、時間不多，有空以後再跟你解釋，現在我只想告訴你一件事，目前有個機會，讓你賺一票，脫離是個屁的日子，你願不願意幹？」

聽痞子這樣講，我霎時無話可接，因為這是第一次他用這類的肯定語法跟我說話，聽我沉默，痞子就接著說：「我簡單的說，你公司現在正參與投資一項上海最大的百貨商城通路籌建計畫，我目前所在的公司東城集團也對這計畫有興趣，我知道你領導的企劃組是這項案子的核心，我要你帶槍投靠，把你們那一組七個人，全都帶到我公司東城集團來，所有人調薪一倍，而且我已經先匯一百萬到你銀行帳戶，你們下禮拜一就可以上班……」

「你是不是瘋了！？」我忍不住打斷痞子的話，激動的說：「這麼久沒聯絡，一聯絡就跟我講這麼多莫名其妙的話，而且這個案子對我們公司威海集團而言相當重要，不只是案子本身的獲利，更重要的是他能夠讓我們威海獲得新生、成為股票市場中的『中國概念股』，再說，東城集團是我公司的死對頭，我怎麼可能做那麼沒有義氣的事！」

「義氣？你是說對你那家你辛苦工作六年後，去年才只將你從專員升到小組長，然後就在你鞠躬盡瘁、死而後已後，就把你當成一雙舊鞋扔到一個有窗戶旁邊的辦公桌，最後逼你退休的公司講義氣？」痞子帶著嘲諷的口吻說，「你以為這次你拼死拼活把這個案子搞成，威海會對你升官或加多少薪水嗎？別傻了，在短暫的成功光榮背後，你會得到的，只是老闆一時口角春風式的讚許，而長時間來看，所有人都會忘記你曾經做過的事，不管這件事有多偉大！對一個上班族而言，想要更上層樓，只有靠把握機會與運氣，而現在你的機會與運氣已經來了，就看你要不要把握？！」

痞子的話，很有說服力，但我聽不下去，所以我掛了他的電話，走在回公司的路上，突然想起老劉，他曾經為公司成功併購中南部好幾家百貨賣場，為公司賺了好多錢，而且現在的經理過去還是他帶出來的，但現在卻反變成經理的下屬，更在今年被迫辦退休，可是老劉兩個小孩卻都還在唸書，真是情何以堪。

想著、想著不自覺的我已經走到公司，回到辦公室，經理就一臉肅然的叫我到辦公室，我感到氣氛有些弔詭，但經理直接開門見山的告訴我，「從今天起上海計畫你就不需要插手了，直接由小林接手」，我錯愕的問「為什麼？這計畫從一開始就是我負責的，為什麼臨時換人？」經理冷冷的說，「別裝蒜了，東城集團早就積極與你接觸，而且聽說東城總經理特助還是你的大學同學？」

「沒錯，東城今天是與我有接觸，但我已經拒絕他們了啊！」經理並沒有聽我的辯解，只是更冰冷的說，「不管如何，這個計畫對我們威海太重要了，我們必須要防範於未然，所以，只有委屈你了，但你放心，這個計畫成功了，依然還是會算你一份功勞。」

自以為已經做到有情有義的經理，講完這句話後，逕自呼喊著小林開會，留下我呆若木雞的站在經理桌前，這時我突然一眼撇到小林逃避我的眼神，剎那間心中有了底，那就是只比我在公司資歷大一年的經理，在進行這個案子後，一直擔心實際幕後主要策劃的我，總有一天會對他有所威脅，而小林早就想卡位中國投資企劃組組長已久，又在痞子有心巧妙故意洩露消息的安排下，我自然就被運作掉了，難怪痞子會這麼有信心，要我帶槍投靠！

今天，才短短的一天，我竟然連續被好友、下屬、上司背叛。

拖著受傷的心靈，我走在回家的路上，就在靠近家門口時，赫然看見那個衰神痞子，正咧著嘴對我笑，我禁不住內心激動，上頭就給他一拳，痞子砰！的一聲倒在地上，但他並沒有還手，只是很快地爬起來，一邊摸著被揍的臉頰，淡淡的告訴我：「記得下星期一上班，最好把你全組組員都帶過來」。

唉！痞子是否真的是為了一個計畫成功，而設計我這個多年的朋友？我並不想去證實，因為無論如何木已成舟，再去證實什麼都沒有意義，但是我問了痞子一個問題，「有錢、成功真的是那麼重要嗎？」

「你是不是想告訴我，錢並不是人生的全部，這點我承認，但是你也必須坦承，金錢雖非萬能，但沒有金錢卻萬萬不能，而且你不覺得，這世界上似乎通常都是有錢人對窮人說，人生不只是錢，但可笑的是，我卻從來只看到有錢人努力想變的更有錢，還沒有看到過有錢人想變窮的，而且，我認為**鈔票的面子比人的面子值得相信**」痞子並沒有正面回答我，他用另外一種方式對我說明他的看法。

「人的外在內在都不重要，重要的是身上西裝的價錢！」痞子用手指比了一下身上的名牌西裝，意味深長發表近一年來體會的謬論。

我以為我會對痞子的言行感到不屑，但這次是我認識他以來，第一次沒有對他產生道德非難的表情，即使連眼皮微眨的不屑都沒有，只有一種恐怖感環繞心頭，讓我開始懷疑「痞子有一天是否也會為了鈔票而把我給出賣？即使我是他十幾年的老朋友」。

短短的一個夜晚，我體會到世事的現實，所以我的心中在悲哀之餘，也在剎那間湧出豁然開朗的感覺，好似多年來的壓抑都被拋到九霄雲外，因為我將以痞子對我的態度來對待他，這種情感已非關友情，而是一種生意，一種求成功的手段，竟然是做生意，就要將看似小情小愛的友誼放在一邊，這是我尋求的自保之道啊！

此外，更讓我不解的是，痞子人間蒸發近一年的時間裡，到底發生了什麼事？他沒有跟我提及太多，只約略提他在辭掉記者工作後，透過朋友介紹，遇到了正想競選立委、東城集團老闆李董，所以，那段時間他就在李董旁邊為策劃選舉，後來李董順利當選，論功行賞時，就把他聘為自己的「特別助理」，簡稱「特助」，這種職位是負責安排老闆的個人投資、關係企業、甚至私人生活等相關領域的事情。

不過，在我跳槽進入東城公司後，聽到公司傳送痞子竄起的流言，卻不是痞子自己宣稱的怎麼簡單。我私下聽到的傳言是，痞子之所以會成功在選舉時為李董立下汗馬功勞，與他在選舉時曾利用過去媒體人脈、運用不正當手段獲得李董選舉對手違法的黑資料，然後，運用黑函鬥垮對手，才讓原本因為「金牛」形象，陷入苦戰的李董轉敗為勝，而李董原先最信任的陳特助，據說也是被痞子揭發好像與李董的姨太太有曖昧關係，所以被掃地出門。

而此時李董的女兒君兒，又以痞子好友的身份，在李董前面大力保薦痞子，因此，痞子才得以在短短半年多竄起，不過，李董也不是省油的燈，就在這時候他特別交給痞子這個爭奪威海集團上海最大百貨商城的計畫，也算是給痞子的考驗，如果痞子沒有成功，他也將因此失寵。基於這點，痞子對得到這個上海投資計畫勢在必得，所以甚至不惜設計我這個已經十二年的老朋友。

而讓我驚訝的是，在重金之下，我原公司中國投資企劃組組員，竟然無視小林與經裡的苦苦哀求，全部帶槍投靠到東城集團，鈔票的面子果真還是比人的面子有用！

而這個集體叛變的消息，很快傳開了，業界任何敏銳度相當高的人都很清楚，這是因為東城已經吹起了爭奪籌建上海百貨大型商城計畫的前哨戰，而經理與小林在企劃組被我成功挖走後，也一時慌了手腳，畢竟雖然我們沒有從公司帶走任何文件，但企劃組對公司整個中國市場的佈局，以及人脈的掌握都可說是一清二楚，因此，我也在第一時間內，收到了原公司律師寄給我的存證信函。

「法律只是一種商業手段，他有律師團，我們公司也有律師團，別讓這些影響你，東城的律師會幫你打這場官司，而且這種官司訴訟，少說也得拖兩三年……」痞子在我面前，輕鬆的把存證信函撕了。

「但對威海而言，『上海計畫』是超級救命丸，現在我們聯合爭奪這個計畫，等成功時，你官司或許都還沒打完，但你老東家已經被我們整垮了」痞子說完，陷入一陣狂笑。

看著張嘴狂笑不止的痞子，我彷彿看到一個面部扭曲的恐怖鬼臉，我對這張臉十分陌生，陌生到令我感到毛骨聳然。

痞子察覺到我眼神的變化，他把頭低下來，告訴我電影「教父」裡的一句對白，「有些事是必須做的，你儘管去做，但不要說，也用不著去證明這些事是正確的，它們無法被證明正確與否，你去做就行了，然後把它忘掉。」三十功名錢與權，痞子說，這些年入社會，他有一個領悟，想脫離是個屁的日子，只有先得到錢與權，有了錢與權才有資格談理想，才能脫離當弱者的日子！

看著痞子，剎那間我確認他早已不是我認識的那個痞子，但我也沒有辯駁他想法的餘力，因為我好似已經與他在同一條船上了。

七、把握機會減少奮鬥二十年

第一次見到君兒時，我有些訝異，因為想像中大老闆的女兒，應該都是那種可以讓人「減少奮鬥二十年」，卻極可能能使你「血淚交織一輩子」的暴龍，但君兒給人的感覺卻相當溫柔，沒有一點霸氣，該怎麼形容她呢？總之，我想只有「人間少有、世間極品」這八個字可以形容。

只是這個世界真不公平，為什麼這樣一個女孩，竟然會與「台北人渣圈永久榮譽會員」的痞子成為「好朋友」呢，而我這種上進、正直、長得也不差的優秀青年就沒有這個機緣？真是讓我有點嘔！

據痞子描述，他會認識君兒是在兩年前一次東城集團的新聞發佈會上，那時他並不知道君兒就是老闆的女兒，只是覺得她長得挺漂亮，氣質也清新脫俗，況且「不登長城非好漢、有妞不泡真遺憾」，所以，痞子當然不會錯過這樣一個與美女相遇的機會。

「嗨，我是來參加記者會的記者，我對東城集團還是有些地方不大了解，可以請教妳嗎？」他直接走到君兒身前搭訕。

這當然不是痞子第一次的搭訕，因此，痞子根據「搭訕必勝手冊」中，記載的搭訕成功必備的三個要素，第一就是要瞬間解除對方心防，讓她相信你不是無聊份子，第二就是有一個營養的切入話題，以防出現不自然或矯揉做作的狀況，第三，也就是最重要的一點：留下再聯絡的理由。

所以，痞子在問問題的同時，已經立刻向君兒遞出了名片，以解除君兒對痞子身份的不信任，然後又提出了無關緊要、又讓君兒好回答的問題，最後再根據她回的內容，加以褒獎，反正，「凡泡過的必留下痕跡」、「有泡就有希望」。

就這樣，君兒認識了痞子，後來還留下聯絡電話。痞子說，這雖然只是他搭訕史上的一小步，但卻意外地成了改變他未來整個人生的一大步。

不過那時痞子其實早已有了女友詠琪，但痞子說，他就是忍不住要偶爾（其實是常態性）的去「偷吃」，而且他也給自己找理由，每次偷吃完他反而會因心裡愧疚，而對詠琪更好，所以偶爾的出軌反倒有助於增進他們感情。

每次面對他痞子的「謬論」，我只有嘆氣，但嘆氣的理由不是因為痞子無可救藥，而是羡慕他的「特異功能」，因為他竟能神色自若地周旋在數個女人之間，說著同樣的情話，不但沒有穿幫之虞，而且自己還不會因為女友太多得精神分裂。

我就沒辦法像他一樣左右逢源，因為當我心中有一個女人時，我面對其他女人，心中不自覺就會浮出心中那個女人的影像，所以我什麼腥都偷吃不了。

對於我這種無法「花心」的症狀，痞子說，「當我面對君兒時，總是精神亢奮、快樂成分居多，我喜歡這個人，看見她，我的世界就只有她，所以我可以忘記所有的人、事、物，她是我的紅心，箭靶上的那顆紅心，在這裡我只看得見那顆心，我要射中它」。唉！我又嘆氣了，看著講這句話的他，我只能說自己看到的不是一個人，而是「性獸」。

無論如何，痞子與君兒終於展開良性互動。「或許就是從那天晚上，在安和路上的那間爵士樂很棒的酒吧……」痞子語帶神秘的敘述他和君兒的戀情。「我告訴她，小時候與狗爭食的悲慘兒時故事，看著她感動到淚眼婆娑，我終於握到她的小手時，開始覺得他把我當朋友了。」痞子嘴角微笑，洋洋得意的述說他那一貫的低俗把妞技巧。

而且就在當天，君兒還讓痞子送她回家，使得痞子意外發現，君兒住的地方竟然就是東城集團大老闆的家，當晚他立刻打電話給熟悉的八卦週刊記者查證，結果證實君兒就是東城老闆的小公主。痞子回憶道，那天他的心情雀躍的像中了樂透頭彩一樣，只差沒當街歡呼。

因為若能順利擄獲君兒芳心，以後的人生至少可以減少奮鬥二十年，而這是每個出社會後，企劃案被主管丟進垃圾桶、歷經年少夢想破滅、才知道不是每個人都能成為經營之神的三十歲男子，都朝思暮想的事，更何況君兒這個女孩，不但不是「恐龍一族」，還是個「人間少有的世間極品」呢。

就在痞子口沫橫飛地描述他與君兒的相遇情事，講得神采飛揚時，我聯想到，痞子與君兒的感情開始有進展時，不就正好是他與詠琪分手的那段期間嗎？難道痞子為了泡富家女，而放棄了多年的女友？

我心裡雖然存著這份懷疑，卻沒質問痞子，因為我心裡突然有一種奇異的欣喜。回家後，我不自覺先後撥了兩通電話，一個給君兒，一個給詠琪，打給君兒，沒聊什麼，只是隨便哈啦幾句，但撥給詠琪的電話，除了關心她的近況，我也約她有空時聊聊天，至於要聊什麼？老實說，目前我還沒決定，嘿嘿！或許，我只想抓住一兩個痞子的把柄吧！

過幾天後，我約了痞子的前任女友詠琪在一個可以看到全台北市夜景的景觀餐廳碰面，從這裡的落地玻璃窗望出去，是視野遼闊的城市燈火，燦爛奪目的景緻如遙不可及的晶瑩鑽石，輝煌美麗卻讓心靈貧窮的人備感寂寞，我想這是一個適合心碎的地方。

這個地方除了是我和詠琪碰面的地點，也是君兒今晚將與痞子慶祝生日的地方，所以，我刻意選擇這裡，訂好與痞子相鄰的座位，讓詠琪與挽著君兒的痞子來個不期而遇，想讓她了解痞子為了追求富家女而甩掉她的事實。

我刻意告訴詠琪我臨時有事，所以晚點到，如我所料，電話那端的詠琪聲音顫抖，她告訴我她身體突然有些不舒服，必須先回家，不能在餐廳等我了。

聽著她的幾近哽咽、無法克制的顫抖聲音，我知道一切事情都已照我編好的劇本發生了。

不到一個鐘頭，我家門前出現了痞子的二手跑車，我知道痞子要找我訴苦。他一見面就告訴我，就氣急敗壞地說他今天衰爆了，本來花了不少心思，想給君兒一個驚喜，然後請小公主幫他在老闆面前美言幾句，結果卻讓君兒撞見詠琪，一晚的費心張羅付諸流水。

聽著痞子講著我早已知道的事，我心中頗為佩服自己，不過，佩服的不是我絕妙的計策，而是我竟然可以假裝什麼事都沒發生、神態自若地聽痞子講話，看著和以往不一樣的自己，我頓時體悟，原來當個壞人好像也不是什麼太難的事。

八、三十功名錢與權

東城集團「上海計畫」已經開始在上海如火如荼展開，但誰會是上海計畫第一任首席代表，則還在集團裡明爭暗鬥中。

因為隨著中國市場的變化，日後上海計畫將會是未來公司最重要的獲利來源，誰能當上首席代表，就意味著開啟了日後在公司的青雲之路，我想最起碼也可以有個董事席位吧，所以，痞子告訴我，他也想爭取這個位子。

痞子的確是集團決定派駐上海首席代表的熱門人選，雖然有公司高層告訴我，以專業考量，其實我也是人選之一，但我很清楚，一個上班族，靠自己的實力只能做到課長，至於課長以後如經理、副總、總經理等職位，只有靠「派系」與「運氣」。這其實有些類似上班族的「八二理論」，也就是在公司裡，即使有百分之八十的人喜歡你，但另外有百分之二十的關鍵人物不喜歡你，你在理想的路上還是會走得很艱困。

上述所指的派系，可說就是指那百分之二十的關鍵人脈，這對於許多努力在自己工作崗位上的人，真是一個殘酷的事實，但對於常常身處在赤裸裸錢權鬥爭中的老闆們來說，考慮選擇一個重要的事業伙伴時，「才能」永遠不是第一考量，「是否能為他所用」才是首要條件。畢竟，對上位者而言，一個有「才能」，但「忠誠度」不夠、不能「為他所用」的人，只會變成日後可怕的對手，哪裡還會想到要提拔他，避免將來還有麻煩地鳥盡弓藏，在上位者當然會選擇一個忠心耿耿的人，想忠狗一〇一樣永遠乖乖地待在主人身邊。

而痞子比我有優勢之處，在於他不但是老闆親信，還可以走「小公主」路線，換言之，他掌握了百分之二十關鍵的人物，所以，在公司所有派上海的熱門人選中，大家其實比較看好痞子，這主要就是因為，痞子屬於「國王的人馬」。

不過，我似乎也不是沒機會，因為自從君兒那次撞見詠琪，她心中似乎對痞子開始有些問號，換言之，小公主路線對痞子此刻而言，應該已經失靈，而這陣子，老闆李董因為非常注重「上海計畫」的案子，也常直接找我詢問案子的進度，我有把握自己的專業已在他心中留下深刻印象，同時在與老闆的交談中，也讓我意外發現，老闆竟然與我碩士班的指導老師張教授相當熟悉，所以，從那次起，我每個星期天都去陪老師爬山。

就在決定集團上海首席代表人選，即將公布的前一天週末，老闆突然去看望退休的老長官，赫然發現我正陪老師爬山回來，我看到老闆當然知道他必有事與張老師討教，隨後即識趣告辭。

老闆在與老師請益之際，注意到老師一句感嘆話說，「唉，當初收小彭當學生、拉他一把還是對的，這個年輕人講情份，想當初我收的學生不知有多少，但現在只有小彭記得我，老是給我帶這個、帶那個禮物的，週末有空還陪我爬爬山」。

這句話言者無意，但聽在李董心裡，就有一番獨特感受，原來派到上海當首席代表，就等於是封疆大吏，其實對於操守要求相當重要，雖說痞子這個人的確是個人才，但野心恐怕不在自己之下，難保有一天不會自立門戶，再說，提拔他也不必急在一時，因此，倒不如先選擇懂得感恩圖報，又守分持重的人。

隔天一早，上海首席代表赴任人選公布了，結果竟然是不被看好的我，面對這個意外，痞子強忍臉上的錯愕，保持風度向我恭喜，而我微笑的臉上，卻透露出一絲對結果的篤定，這似乎是在告訴痞子，「別怪我，是你教會我成為另一個你的，青出於藍，而勝於藍，你應該為我驕傲的」。

不過，我還是需要痞子在總公司為我「看盤」，同時告訴我總公司政策發生的一些變化，不然我這個「封疆大吏」恐怕也做不穩，所謂「朝中無人莫做官」就是這個道理，同時，我也料定痞子對於這件事情雖然錯愕，但還不至於那麼快知道是我動了一點手腳，再說，就算痞子知道了，我相信以痞子在人際關係上的練達，很快就會重整思緒，知道我們「合則兩利、分則兩害」，因此，我約了痞子共進午餐，而痞子果真是痞子，不僅答應了我的邀約，還仔細為我分析了目前公司在整個中國大陸的佈局，我則頻頻點頭稱是外，還與他「交心」，告訴他「無論如何我都不會忘記是他帶我進東城集團的，日後我有任何的發展，都應該與他做緊密的結合」。

當我對痞子講這些話時，心裡突然意識到，在一個金字塔社會的結構中，如果想往上爬，似乎就脫離不了背叛，但面對背叛過自己的朋友之後，不管講再多好聽的話，或是做再多的補償，一如痞子逼我離開威海集團，以及我奪取痞子的上海首席代表後，我與痞子彼此的感覺，就已經改變，我們之間不再有友誼，剩下的只是利益，這樣的我，其實感覺有點寂寞，彷彿爬著高聳山坡，雖然感到一點點征服的欣喜，卻感到山風頻吹及同伴跟不上自己，孤身一人急行在山路上的陰寒。

雖然確定仍與痞子處於同盟關係，但我還是無法走出心中錯綜複雜的感覺，我刻意早點下班，走在夜晚台北街頭，繁華東區像交錯盤節的森林，人們像蟑螂般，在日照赤炎炎的白天裡躲進大樓裡工作，隱避不出，然後在月光灑下的夜晚材爬出這棟高樓，盡情地貪食狂歡，所以東區總是夜晚的人潮比白天還多，喧鬧吵雜的人車，像永遠在過聖誕節。

沉重的走著，突然看到一位賣刮刮樂彩券的老頭，他的身影有些熟悉，那不是以前威海的經理嗎？我知道自從威海「上海計畫」流產後，有不少人都被炒了魷魚，但我不知道這其中還包括我以前的上司，更訝異原來不可一世的經理，失業後會去賣彩券，經理發覺有人觀察他，定神一看發現是我，本來轉身想走，但我一見到他發現我在看他，立刻與他打招呼，「嗨！經理，好久不見！」他沒有回應我，靜默的氣氛凝結在夜色裡，他從前那對人頤氣指使的屌樣，和現在這求人乞憐的拙臉交疊在我的腦海裡，我突然感到世事是如此悲哀可笑，我們的心若不堅定，意志若脆弱，是不是就會像命運的棋子一樣，被宿命玩弄於鼓掌之間，如浮萍失根一樣隨波逐流。

也許是氣氛太尷尬，他打破沉默，用一種氣憤語調，冷冷的說「你想笑就笑吧！反正我現在是落魄了，台灣社會現在是這樣的，一個四十五歲、中年失業的人，走到哪裡都沒有人要，半年了，我連找份倉儲管理員的工作都被嫌年紀大，過去累積再多的經驗也救不了我，但我老婆沒工作、小孩還在上高中，每天都是錢、錢、錢、錢！所以，我只好賣刮刮樂！你儘管笑吧！本來，這個社會沒有錢、沒有工作，就沒有尊嚴！」

面對他這連珠砲似的對話，我不知道怎麼應對，此刻我想說再多安慰的話，對他而言都是種諷刺，我只好選擇靜靜離開，但就在我離開的同時，煞那間我對痞子殘留的那點歉疚竟消失無蹤，甚至，開始理解他為了追求「上位」所做的那些事，因為在這個資本主義的社會裡，人沒有錢，就沒有尊嚴，或許我這種感覺是一種「沉淪」，但我想，這應該是每個成年人多少都會遇到的事，雖然我一直到現在才理解，但應該還不算太遲吧！？

我的理想生活之一路玩到掛

或許平凡是「我」人生最常有的註解，但好好拼命的去生活、去感受生命，是我一直很努力的事，宛如流星，即使知道有一天終將隕落，也要不斷燃燒光熱，為的是要劃破天際的黑暗和那一秒鐘的燦爛（其實就是一路玩到掛的人生）。

一、學生生涯

除去已經沒有記憶與知覺的嬰兒與幼稚園時期，從小學到研究所，一共十八年的學生生活，綜合起來，我想自己唯一最有興趣的，大概就是「女人」。

小學到國中，功課一直不好，但偏偏那又是一個以成績好壞來衡量一個學生價值的年代，再加上自己自尊心又相當強，所以那時候總體的心情指數可說很低，唯一能安慰自己的，就是那時候的我，很容易被滿足，也許只要幾包零食和一段好看的卡通（到國二或許變成一卷好看的、三點全都露的「Ａ」片），我就會很快樂了。

高三時，或許是持續無意識的每天念書，發生了效果，我的功課就像突然被打通「任督二脈」一樣，突然變好了，考大學時，從來沒有及格的數學竟然及格了，從這時候開始，我覺得自己對人生的自信和運氣開始展開了。

大學生活四分之一的印象在玩，四分之一在搞社團，四分之一在博覽小說與漫畫書，四分之一在閒晃，但不論是玩、社團、讀書、閒晃，背後共同的目的只有一個，就是「泡妞」，所以說我的大學時代是我人生的「泡妞時代」亦不為過，整整大學四年，粗略統計，我至少被十八個女孩拒絕過，平均每學期就有兩、三個女孩跟我說「ＮＯ！」不過，如果日後我會有那麼一點了解女孩子、知道怎麼樣去與她們接近、如何去疼愛她們，那麼都要感謝這十八個女生的「訓練」，而且因為這樣殘酷的體驗，讓我感受到「人生不順利本來就是理所當然的」，也因為如此我有自信以後面對任何的失敗，都一定不會倒下去。

考上研究所是預料中的奇蹟，說是「預料中」，是因為在大學生滿街爬的年代，為了避免畢業即失業，我一直有在準備，所以有自信考上，研究所兩年的生活，主要的收獲反而不在讀書，而在於求學過程中，所經歷的一些人、事、物帶給自己的成長與視野見聞的開擴，其中最重要的，就是開始社會化與結交到一群志同道合的朋友。

念書念了十八年，前十二年現在想起來記憶模糊，大部份的時間應該都在「持續無意識的念書」，偶爾穿插一些可能被老師打、恐懼被校園流氓揍、偷看A片的犯罪快感、留級的白色恐怖、等待不同公車站牌的不同個女生的情節；後四年的大學生活，雖然讀了一點書、探索了部份人生的志向，但主要還是在「泡妞」；最後兩年的研究所生活，因著視野的開闊、見聞的增長，總算確立了自己的一點志向，那就是要賺多一點錢、為社會多做一點事，成為一個有用的好人，然後繼續泡更多的妞。

學生時代，真是個夢幻似的時代，可以有最崇高的夢想而不被懷疑、可以擁抱關於自己一切未知無限的可能，現在我已經脫離了這個時代了，接下來我面對的將是一連串的興奮與現實，興奮的是，我將逐步邁向自己的理想，現實的是，時間過得很快，不久我將知道自己是否有能力將年輕的夢實現，亦或關於學生時代的豪情壯志，只是一場「唬爛」。

二、家

我想自己是愛家的，但是我知道自己有一天一定要離開它，不然我不只會沒有出息，還會陷入上一代永無止盡的情感糾葛、愛恨循環，而且，如果沒有自己住，要帶女生回家也不方便。

三、父親

從有記憶開始，我就是怕父親的，也許是他那股威嚴讓我覺得難以接近，雖然在很小很小的時候，我確定自己有鑾親近他的一段時間，但父親他在我眼裡是個很有魅力的人，雖然他話不多，但長大後我發現，其實懂得適時沉默的男人，最讓女人無法抵擋。

四、母親或老婆或同居人

「一個你最愛的人，往往也是最容易傷害你的人」，這句話大致描述了我和母親最深刻的相處，沒想到，這也成為我日後身邊每一個深愛或常駐女人（老婆或同居人歸為此類），最終帶給我的感覺與存在模式，其實我媽在我最狂爆的青春期，與她最激烈對抗的時期，就已經幫我調整好與她相處的最佳模式，其實就是已經教導我了與深愛或常駐女人的和諧相處之道，那就是「不用爭辯、直接道歉、不用說明、忍無可忍、低頭再忍、永遠相信明天會更好」。

五、妹妹

感冒藥「斯斯」有兩種，妹妹也有兩種，一種叫做親妹妹，另一種叫做乾妹妹，前者，在小時候是用來打架的；在青春期的時候，是逼迫她去幫忙假裝是男舅要請她去租A片的（因為自己不好意思去）；在當兵時，是用來當臨時銀行提款機的；在中年時，是用來幫忙照顧老媽的；在老年時，是萬一兒子與老婆不幫你收屍，警察局最後可以通知的對象。擁有手足，真是人生最大的資產。

至於乾妹妹，還沒有結婚前，是準備要成為正式女朋友的預備隊，結婚後，是用來掩護泡妞的最好身份。

六、兒子

如果有一個人，可以睡在你與老婆的中間，可以永無止盡的跟你拿錢、在未成年前，你還不能不理他，否則會被抓去關，在成年後，還要煩惱他沒工作、沒妞泡、沒錢花，偶而難得贈送你一百元，沒多久絕對會要回幾萬元，最後還可能花光你退休金的，這種人的名字，通常叫兒子。

如果有一個人，你抱著他就感覺到希望，你看著他就感覺到上班被老闆臭罵，也沒什麼大不了；如果有一個人，只要對你笑一笑，你就感覺在天堂，他考一百分，別人誇讚他，比你自己中樂透還開心；如果有一個人，長大後泡走你的馬子，你依然會原諒他的，這個人，通常也叫做兒子。

七、朋友

友誼的形成比愛情更是需要靠緣份，因為愛情往往會吸引人多花些心思去經營，而大部份的人卻大都不會吃飽閒閒去培養一段友誼，當然，我也是這類型的人，所以我更珍視我每一個朋友，而且B型、水瓶座的人，有許多的資訊似乎都是靠朋友口中得來的，朋友就像是我的活動圖書館一般。

我有一群朋友，分屬不同「檔次」，有一起「泡妞」、「荒唐」的（大部份是大學同學），也有一起談論抱負、互許創業的（研究所層次較多），當然還有那種共享一切歡喜、傷悲的心靈之交、紅粉知己（大部份都是「把不到」或後來良心發現的產物），但不管如何，我覺得他們都豐富了我的生活。人生嘛，就是要有一些損友、益友、良心發現的產物交雜才夠味，我可不想做那種不知道有沒有「嚴以律己」，卻絕對不忘「嚴以待人」的假道學家。附註：我們的泡妞必殺心法「臉皮要厚、標準降低」。

八、女朋友

沒交過女朋友時，我相信在這個世界上，一定會有那麼一個人是在等著我的，等著我與她共渡一生，因為有這樣的信念，我才能堅持自己靈魂最深處那份感情的純潔，不過，這屬於理論層次。

在實務面，關於「女朋友」，學生時代的自己，曾經很正式的交過兩個，前者可以說是我的初戀，「她」是一個愛說謊、最喜歡遲到、又慣於不守信用的女孩，但很奇怪，我就是喜歡她，直到自己再也沒有辦法承受。後者，是一個很單純的女孩，她對我真的很好很好，她要的只是一個能全心全意愛她的男孩，而我卻連這麼簡單的事都做不到，更要命的是，我是在她離開後，才發現自己早就愛上她了，唉！愛情真像是一場肥皂劇。

兩個女孩，分別都讓我感受到愛人與被愛的滋味，也體會到「能遇到一個你愛她，同時她也愛你的人，真是奇蹟」。

脫離學生時代，成為社會人、中年古墓派帥哥時，聽一個朋友講，一個成功的男人需要有三種女朋友，一種幫你顧好家庭，不過，這種女人，通常很傷精神，而且喜歡碎碎念；一種是滿足肉體、撫慰心靈，證明自己在有形的體力與無形的魅力上，「還行」，不過，這種性感又貼心的尤物，通常很傷男人的荷包，無錢勿近；最後一種女人，是可以幫助自己的事業，讓自己在廝殺的職場叢林中，擁有共同迎向勝利的最佳盟友。不過，成也蕭何、敗也蕭何，這種女人，通常會握有讓男人通往無間地獄的單程特快車票。

結論，大部分男人就像飛蛾撲火，「寧死都要爽」。

九、夢想

只有愛情可以讓人忘掉寂寞，也只有夢想才可以讓人不至於空虛，夢想並不會讓人變得偉大，但它可以讓人因而存在。偶爾想過，其實淡泊的生活也不錯。只是平凡如我，如果一輩子連一次像樣的努力都沒有，那麼是沒有資格說這樣的話的。

十、老年與死亡

英雄與美人最怕老，所以鄧麗君英年早逝，應該也算是一種福氣，因為我們日後想到他，永遠都是那最美麗的模樣。老年，如果健康、有錢又快樂，當然是最棒的，這樣的狀態，活再久都可以，不過，天底下哪有這麼爽的事情？大部分人的老年生活，多多少少都有些病痛，就算有錢也無法享受生活，更何況沒錢養老，更是少了尊嚴，也不用再奢談快樂，所以活得長，不如死的巧，例如，久病無孝子，所以最好死在子女都還孝順的時候，死在口袋還有幾毛錢的時候。況且，死亡也應該屬於生命的一部份，應該坦然面對。

但說的容易做得難，聽說即使是最不怕死的英雄，在斷氣的那一秒鐘，還是有求生的慾望的，任何跳樓自殺的人，在跳下去的那一秒，其實也都已經後悔，只是來不及了。最近，聽到剛從鬼門關走過一遭的長輩表示，其實，只要這一生沒有對不起了人，還沒有去道歉；沒有造成什麼足以悔恨的遺憾，死後還有一個人會記得你、感謝上帝曾經他遇見過你，那樣死亡不過有如是風起的時候，已經成熟的蒲公英釋放種子，隨風飄揚四方，不管最後落在何處，為的都是讓生命更廣闊，死亡就是生命中的蒲公英釋放種子的最後完成。

國家圖書館出版品預行編目

一分鐘的女朋友 / 彭思舟著. -- 一版. --
臺北市：秀威資訊科技, --2008.09
面； 公分. -- (語言文學類，PG0198)
BOD版
ISBN 978-986-221-068-0 (平裝)

857.63 97016496

語言文學類 PG0198

一分鐘的女朋友

作　　者 / 彭思舟
發 行 人 / 宋政坤
執行編輯 / 賴敬暉
圖文排版 / 黃莉珊
封面設計 / 蔣緒慧
數位轉譯 / 徐真玉　沈裕閔
圖書銷售 / 林怡君
法律顧問 / 毛國樑　律師
出版印製 / 秀威資訊科技股份有限公司
台北市內湖區瑞光路583巷25號1樓
電話：02-2657-9211　傳真：02-2657-9106
E-mail：service@showwe.com.tw
經 銷 商 / 紅螞蟻圖書有限公司
台北市內湖區舊宗路二段121巷28、32號4樓
電話：02-2795-3656　傳真：02-2795-4100
http://www.e-redant.com

2008 年 9 月　BOD 一版
定價：170 元

讀者回函卡

感謝您購買本書，為提升服務品質，請填妥以下資料，將讀者回函卡直接寄回或傳真本公司，收到您的寶貴意見後，我們會收藏記錄及檢討，謝謝！
如您需要了解本公司最新出版書目、購書優惠或企劃活動，歡迎您上網查詢或下載相關資料：http:// www.showwe.com.tw

您購買的書名：____________________________________

出生日期：________年________月________日

學歷：□高中（含）以下　□大專　□研究所（含）以上

職業：□製造業　□金融業　□資訊業　□軍警　□傳播業　□自由業
□服務業　□公務員　□教職　□學生　□家管　□其它_____

購書地點：□網路書店　□實體書店　□書展　□郵購　□贈閱　□其他

您從何得知本書的消息？
□網路書店　□實體書店　□網路搜尋　□電子報　□書訊　□雜誌
□傳播媒體　□親友推薦　□網站推薦　□部落格　□其他__________

您對本書的評價：（請填代號　1.非常滿意　2.滿意　3.尚可　4.再改進）
封面設計____　版面編排____　內容____　文／譯筆____　價格____

讀完書後您覺得：
□很有收穫　□有收穫　□收穫不多　□沒收穫

對我們的建議：____________________________________

____

____

____

請貼
郵票

11466
台北市内湖區瑞光路 76 巷 65 號 1 樓
秀威資訊科技股份有限公司 收
BOD 數位出版事業部

....

（請沿線對折寄回，謝謝！）

姓　名：________________ 年齡：________ 性別：□女 □男

郵遞區號：□□□□□

地　址：____

聯絡電話：(日) ________________ (夜) ________________

E-mail：____